W0286123

Zu diesem Buch:

Recklinghäuser Zeitung

Berte Bratt ist meine Lieblingsschriftstellerin, weil ihre Bücher so natürlich wirken...

Fuldaer Zeitung

Berte Bratt stellt Probleme und Kämpfe eines jungen Mädchens dar. Sie versucht, aus ihrer Lebenserfahrung heraus zu helfen.

Saarländischer Rundfunk

Die Autorin Berte Bratt schreibt zwar in einem amüsanten Stil, versucht aber dennoch, spezielle Probleme junger Mädchen zu schildern und Lösungswege zu zeigen.

NINA, SO GEFÄLLST DU MIR!

Berte Bratt

Nina, so gefällst du mir!

ROMAN

Schneider-Buch

Schneider-Buch

Übertragung aus dem Norwegischen:
Thyra Dohrenburg
Erscheint auch in Dänemark

Umschlag: Nikolaus Moras
Illustration: Erich Hölle
Einbandprägung: Ingeborg Haun

8000 München 46, Frankfurter Ring 150
ISBN 3 505 06656 7
Bestellnummer 6656

Inhalt

Ninas erster Ball	9
Guten Tag, Vielliebchen!	21
Was ist mit Nina los?	38
Aus dem Feld geschlagen	45
Wie gut haben es andere!	55
Aber dann erwachte Nina	71
Und die Hilfe kam	81
Das bessere Ich	92
Es muß auch solche geben	103
Sonnenaufgang	116
Es geschieht immer das Unerwartete	127
Eine Überraschung	137
Es ist zu schön, um wahr zu sein	146
Licht!	158

Ninas erster Ball

Nina steckte die Arme vorsichtig in ein Gewoge von weißer Spitze. Mamas behutsame Hände halfen ihr, das Kleid über den Kopf zu ziehen, ohne daß die Frisur zerzaust wurde. Dann wurde der schmale, kaum sichtbare Reißverschluß im Rücken zugezogen, und nun betrachtete sich Nina im Spiegel, während Mama ihr die Perlenkette um den Hals legte und die kleine blitzende Nadel an der linken Schulter feststeckte.

Die Perlen waren nicht echt, und die Nadel war es auch nicht. Aber was machte das? Welches schlichte siebzehnjährige Mädchen besitzt schon echten Schmuck? Die hellen, schimmernden Locken waren echt, und die strahlende Röte auf ihren Wangen war echt — und die unbändige Freude, die ihr Herz erfüllte, war goldecht.

Die Blicke von Mutter und Tochter trafen sich im Spiegel. Sie lächelten beide.

„Na, Ninachen, bist du zufrieden?"

„Und ob, Mamilein! Das Kleid ist einfach ein Traum. Ich glaube, ich laufe schnell mal zu Papa hinein und gebe ihm einen Extrakuß dafür!"

Nina schlüpfte in die silbernen Sandalen und warf noch einen Blick in den Spiegel, und ihr Herz klopfte, wie ein Mädchenherz nur einmal im Leben klopft: vor dem ersten Ball.

Dann schlang sie schnell die Arme um den Hals der Mutter — vorsichtig, um die Pracht nicht zu zerdrücken — und ging zu ihrem Vater ins Wohnzimmer. Er blickte auf, als sie hereinkam, lächelte und drehte das Radio ab.

„Na, meine kleine Ballkönigin, da haben wir dich ja in voller Kriegsbemalung. Zufrieden?"

„Ach, Vati, ich freue mich so schrecklich — und tausend, tausend Dank für das wunderhübsche Kleid! Du bist einfach großartig, Paps!"

„Der Preis war auch großartig", brummelte Herr Löge vor sich hin. Aber das Brummeln wirkte nicht annähernd so überzeugend wie der unverkennbare Vaterstolz in seinem Blick. Tatsächlich, das Mädel sah hinreißend aus.

Als die Einladung zu einem Ball bei Fabrikant Espetun kam und Nina sogleich anfing, von einem neuen Kleid zu phantasieren, da hatte Prokurist Löge kräftiger gebrummt und auch echter. Aber seine Frau hatte in ihrer sicheren, freundlichen und ach so überzeugenden Art das Wort ergriffen:

„Du hast ganz recht, Martin, so ein Ballkleid ist irrsinnig teuer, aber vergiß eines nicht: Vielleicht ist dies der einzige Ball in Ninas Leben. Jedenfalls ist es ihr erster! Die heutige Zeit ist nicht für Bälle. Eigentlich war es schon in unserer Jugend so, daß wir sie überholt fanden. Erinnerst du dich? Heute haben die Leute kleine Wohnungen und müssen sparen. Was junge Menschen heutzutage an Geselligkeit kennen, das sind kleine Tanzereien und Zusammenkünfte, bei denen jeder etwas zur Bewirtung beisteuert. Ein Ball ist ein ganz großes und seltenes Ereignis. Laß uns doch das Unsere dazu tun, daß dieser Ball Nina in leuchtender Erinnerung bleibt. Genehmige ihr das Kleid, auch wenn es teuer ist. Wir sparen es an einer anderen Stelle wieder ein, dann haben wir es bald verschmerzt. Du hast doch eine tüchtige Frau, das weißt du, nicht wahr, Martin?"

„Ja, das weiß der liebe Himmel!" murmelte Martin Löge. Aber dann lächelte er gutmütig. „Na schön. Wenn zwei Weibsleute sich zusammenrotten, dann nützt einem armen machtlosen Mann aller Widerspruch nichts. Lauft los und kauft das Kleid, aber vergeßt nicht: Es muß noch so viel auf dem Bankbuch stehen bleiben, daß es für Steuern und die Versicherung langt."

„Und für Haushaltsgeld und Miete und Schuhsohlen", lachte Frau Löge. „Wir werden es schon regeln, mein Lieber!"

Und jetzt, da die Tochter, sein einziges Kind, vor ihm stand, jung und gertenschlank und biegsam, mit funkelnden Augen, mit freudig leuchtendem Blick, mit einer schimmernden Röte auf den Wangen — ja, da fand Martin Löge plötzlich, daß er sein Geld nie vernünftiger ausgegeben habe.

Sie wird das hübscheste Mädchen auf dem Ball sein, dachte er, und sein Herz weitete sich ordentlich vor väterlichem Stolz. Aber laut sagte er nur: „Also, dann wünsche ich dir viel Vergnügen, mein Kind. Und schöne Grüße an Herrn Espetun und seine Frau!"

Kurz darauf hupte es vor dem Hause. Es waren die beiden Freundinnen Kari und Cissi. Sie hatten sich verabredet, zu dritt eine Taxe zu nehmen — warum sollten sie für den langen Weg nach Villa Rosenhöhe hinaus drei Taxen bezahlen? Sie hätten auch sicher gar nicht drei Wagen bekommen können; denn was in Lillevik Taxe hieß, war heute abend besetzt, und die wenigen Leute, die ein Privatauto hatten, fuhren ihre Kinder selbst zum Ball. Da kam das Arztauto, mit dem Doktor am Steuer und fünf jungen Leuten. Dort war der Wagen von Direktor Samuelsen, den fuhr der Sohn. Er war achtzehn Jahre alt und hatte gerade seine Fahrprüfung gemacht. Sein Vater hatte ihm das Auto geliehen unter der ausdrücklichen Bedingung, daß er keinen Alkohol trinke. Und auf dieses bißchen Alkohol verzichtete er herzlich gern, wenn er dafür sagen konnte: „Nein, danke, nicht für mich, ich muß noch fahren!“

Gleich einer glänzenden Schlange fuhren die Wagen hintereinander am Fjord entlang und weiter auf dem gewundenen Weg zur Villa Rosenhöhe hinauf, die mit ihrer Reihe erleuchteter Fenster weiß durch den Winterabend schimmerte.

In jedem Auto klopften junge Herzen, in jedem Auto herrschte eine atemlose Erwartung. Sie hatten sich gewundert, die jungen Mädchen und Burschen, als die Einladung kam: Nanu, sie kannten doch Espetuns fast gar nicht! Dann aber berichteten die Väter, daß Herr Espetun diesen Ball sicherlich zu Ehren seines jungen Neffen gebe, damit er die Jugend von Lillevik kennenlerne.

Da nickten die Jungen und Mädchen verständnisvoll; denn alle wußten, daß der dunkelhaarige, zwanzigjährige junge Mann, der immer Espetuns großen Wagen fuhr, sein Neffe war. Und sie wußten, daß er im Büro der Fabrik arbeitete, und alle Menschen in Lillevik sagten: „Ja, der hat wirklich das große Los gezogen. Er wird doch wahrscheinlich mal die ganze Sache erben. Ein Jammer, daß Espetuns selber keine Kinder haben.“

Ja, das war ein Jammer. Espetun hatte es furchtbar entbehrt und seine Frau auch. Aber nachdem vor einigen Wochen sein Neffe ins Haus gekommen war — der dunkle, hübsche Junge mit den intelligenten Augen —, schien Espetun richtig aufgelebt zu sein. Und wer nach der Ankunft des Neffen bei Espetuns im Hause gewesen war, schüttelte den Kopf und sagte, es sei ganz töricht, wie Espetun den Jungen verwöhne. Espetuns unverbrauchte väterliche Wärme konnte sich jetzt ausleben. Er saß jeden Morgen neben Gunnar im Auto und ließ sich in die Fabrik fahren — mit einem Blick und einem Lächeln, wie es keiner zuvor an ihm gesehen hatte.

Daheim in Villa Rosenhöhe ging Frau Espetun umher, nett und sanft, etwas kränklich und zart, wie sie immer gewesen war; sie gab der Köchin den Auftrag, Gunnars Leibgerichte zu kochen und Semmeln zu backen, damit der liebe Junge sie täglich frisch zum Morgenfrühstück hätte.

Der Onkel und die Tante waren durch Gunnar auf neue Gedanken gekommen. Und sie waren darüber glücklich.

Heute gaben sie nun zu Gunnars Ehren den Ball, einen großen, richtigen, altmodischen Ball.

Und die siebzehnjährige Nina fuhr zu diesem Ball in einem neuen Keid, das Herz voll glühender, strahlender Freude.

Sie plapperten ununterbrochen, all die jungen Mädchen, die in dem größten Fremdenzimmer von Villa Rosenhöhe ihre Sachen ablegten und sich vor dem Spiegel die Nasen puderten und die Locken ordneten. Und mit viel Gekicher und gegenseitigem In-die-Rippen-Stoßen — „Nein, geh du zuerst!" — traten sie auf den Korridor hinaus und gingen die breite, geschwungene Treppe hinunter in die Halle. Dort standen Direktor Espetun und seine Frau und begrüßten die jungen Gäste.

„Sieh an, da haben wir ja die Nina! Du bist aber groß geworden! Seit dem ersten Weihnachtsfest in der Fabrik bist du tüchtig gewachsen. Du kennst doch Nina Löge, liebe Frau?"

O ja, Frau Espetun kannte Nina. Ihr Vater war Prokurist in der Fabrik, und Nina war auf allen Weihnachtfesten, die die Fabrik alljährlich für die Kinder der Arbeiter und Angestellten gab, mit dabeigewesen. Da redete Herr Espetun schon weiter, und mit fast väterlichem Stolz:

„Dies ist also unser Neffe, Gunnar Wigdahl. Eigentlich ist er heute abend der Gastgeber, nicht wahr, Gunnar? Und dieses Mädchen hier ist deine Tischdame, Gunnar, Nina Löge. Ihren Vater kennst du ja von der Fabrik."

Da stand Nina nun vor dem schlanken jungen Mann, und ihre Hand wurde von einer schmalen, kräftigen Männerhand gedrückt. Sie blickte in sein Gesicht, und mit einemmal schlug ihr Herz schneller; und sie war verwirrt, vollständig hilflos. Es fiel ihr aber auch gar nichts ein, was sie hätte sagen können. Eine brennende Röte stieg ihr in die Wangen. Um ihren Mund lag ein zitterndes, verlegenes kleines Lächeln. Gunnar sagte ein paar Worte; sie verstand sie nicht. Sie verstand nicht einmal, was mit ihr selber vor sich ging. Erst lange hinterher begriff sie es.

Es war die erste wirkliche Verliebtheit, die Nina in diesem Augenblick erlebte. Die blinde, rückhaltlose Verliebtheit einer unerfahrenen Siebzehnjährigen . . .

Die Gäste kamen, einer nach dem anderen, und begrüßten Gunnar.

Und dann erschienen drei Serviermädchen, die Cocktails und winzig kleine Appetit-Bissen auf Tabletts anboten. Die Jungen und Mädchen, die nur einfache Tanzereien kannten, auf denen es Würstchen und Kartoffelsalat und selbstgebackene Torten gab, kamen sich plötzlich erwachsen vor angesichts dieser Bewirtung. Daß der Cocktail in der Hauptsache aus Fruchtsäften bestand, tat der Feststimmung keinen Abbruch.

Direktor Espetun flüsterte dem Neffen etwas zu. Gunnar hob sein Glas und blickte über die große Schar der jungen Menschen hin.

„Ja, dann also Wohlsein und herzlich willkommen alle miteinander!"

Wie schön war seine Stimme!

Dann summte es von vielen leisen Unterhaltungen. Aber die Unterhaltungen wurden lauter; die kleinen Cocktailbrötchen verschwanden im Nu. Da lachte plötzlich einer auf, und dann lachte noch einer — und als im Nebenzimmer, wo ein großer Plattenspieler stand, die Musik einsetzte, da taten sie sich zu Paaren zusammen, die Jungen und Mädchen, die sich von der Schule und dem Sportplatz her kannten, und sie tanzten auf dem blanken Parkett in Espetuns riesigem Eßzimmer einen wiegenden Walzer.

Nina tanzte mit Gunnar. Er war kein geübter Tänzer, doch er hatte ein Gefühl für Rhythmus und eine Sicherheit, wie sie sich ein musikalischer Mensch erwirbt. Er sprach nicht viel, Nina noch weniger. Aber sie war erfüllt von einem Glücksgefühl, wie sie es bisher noch nie erfahren hatte.

Und die ganze Zeit klopfte ihr Herz auf eine neue, seltsame Art. Es tat weh, als der Walzer zu Ende war und Gunnar sie mit einer höflichen Verbeugung an Nils Samuelsen weitergab, der sie zu einem flotten Cha-Cha-Cha mit sich riß.

Nils war in der Schule zwei Klassen über ihr gewesen. Sie kannten sich seit endlosen Zeiten. Und Nils redete in dem altbekannten Jargon drauflos. Ninas Befangenheit verflog. Sie wurde wieder, wie sie sonst war — ein hübsches, schlichtes und offenes Mädchen, bei Freunden und Freundinnen beliebt, ein alltägliches junges Mädchen mit ein paar Sportprämien auf dem Bücherregal, einem guten Abgangszeugnis von der Realschule, ein paar Fotos von Filmstars an der Wand ihres Zimmers, einem Fahrrad im Keller und Slalom-Skiern auf dem hinteren Flur.

„Wie findest du denn den Ball?" fragte Nils. „Vater sagt, so'n richtigen Ball habe *er* noch nicht mal erlebt. Das gab's früher bei unseren Omas und Opas. Aber der Espetun, der weiß gar nicht, was er seinem Neffen alles Gutes antun soll!"

„Es scheint so", sagte Nina. „Möchte mal wissen, wie er im Grunde ist, der Gunnar. meine ich. Beim Tanzen vorhin, da hat er nicht den Mund aufgemacht."

„Das ist ja auch kein Pappenstiel, wenn man zwanzig Leute zu Besuch hat, die man nicht kennt, nicht? Mit der Zeit wird er schon auftauen. Ich weiß bloß, seine Mutter ist eine Schwester von Frau Espetun, und 'nen Vater hat er nicht mehr. Nein, halt, Nina, lauf doch nicht so schnell weg! Wir wollen erst mal hören, was jetzt für 'ne Platte kommt."

Sie tanzten wieder, und der Ball ging weiter. In der Halle war eine Art Bar aufgebaut, wo man sich erfrischende Getränke und Zigaretten holen konnte.

Nina tanzte mit alten Kameraden von der Schule und vom Sportplatz, und die ganze Zeit klang es tief in ihrem Innern: „Dieses Mädchen hier ist deine Tischdame, Gunnar . . ."

Im Rauchsalon und im Gartenzimmer waren kleine Tische gedeckt, manche für zwei und manche für vier. Auf einer riesigen Tafel war ein prachtvolles Büfett aufgebaut; es gab warme und kalte Gerichte, es gab kleine knusprige Semmeln, und es gab süße Speisen und Kuchen.

Gunnar stand neben Nina, die unschlüssig über den riesigen Tisch hinblickte.

„Soll ich Ihnen helfen? Möchten Sie vielleicht hiermit anfangen? Ich glaube, es ist Krabbensalat!"

„Ja, tausend Dank", sagte Nina. Das hätte sie auch gesagt, wenn Gunnar ihr vorgeschlagen hätte, mit kroßgebratenen Hummeln in Öl anzufangen.

Dann saßen sie an einem runden Tischchen in einer gemütlichen Ecke, und Nina war wieder so seltsam kurzatmig und wollte gern eine Unterhaltung anfangen. Aber es war so schwierig. Gunnar erschien viel erwachsener als all die Jungen, die sie kannte. Er war fast wie der Sohn dieses großen reichen Hauses — Nina aber nur ein ganz alltägliches Kleinstadtmädchen, und sie fühlte sich unsicher.

„Es muß komisch für Sie sein, so viele Gäste zu haben, die Sie nicht kennen", sagte Nina. „Aber wir kennen Sie alle."

„Tatsächlich?"

„Ja, wir haben Sie so oft in dem Auto Ihres Onkels gesehen."

„Das kann schon sein. Sie wissen: Alle kennen den Affen, aber der Affe kennt niemanden!"

Nina fand es ungemein witzig. Sie lachte.

„Einem Affen ähneln Sie aber nicht gerade. Es muß Spaß machen, mit einem so schicken Wagen . . ."

„Nun ja, das macht es natürlich."

„Wenn ich alt genug bin, mache ich auch meine Fahrprüfung."

Warum sage ich das? dachte Nina im selben Augenblick. Es ist doch nie davon die Rede gewesen, daß sie fahren lernen sollte.

„Dann sind Sie also noch nicht alt genug?"

„Nein, ich muß noch ein Jahr warten. Ich bin erst siebzehn."

„Sie gehen vermutlich noch in die Schule?"

„Nein, ich habe seit vorigem Jahr die mittlere Reife, und dann wollte ich gern ein bißchen reisen, aber mein Vater fand, ich wäre noch zu jung."

„Da hat Ihr Vater sicher recht."

„Aber ich gehe nach Oslo und lerne weben, und hinterher will ich nach Paris."

Paris, dachte Nina. Warum sage ich Paris? Davon hat kein Mensch gesprochen.

„Ja, Paris ist eine schöne Stadt", sagte Gunnar.

„Sind Sie da gewesen?"

„Ja. — Sie haben ja nichts auf Ihrem Teller, Fräulein Löge. Soll ich Ihnen etwas holen? Kaltes Birkhuhn vielleicht?"

Gunnar ging, und Nina sah ihm nach. Man stelle sich das vor, er war in Paris gewesen!

Nina fühlte sich klein und ratlos, und sie wollte so gern, so furchtbar gern, daß sie Gunnar gefiele.

„Dann können Sie sicher gut Französisch?" fragte Nina, als er mit ihrem Teller an den Tisch zurückkehrte.

„Och, ich kann mich gut verständigen. Möchten Sie etwas zu trinken haben?"

„Nein, danke. Oh, wie ich Sie beneide, daß Sie Französisch können!"

„Etwas muß ich ja auch können", sagte Gunnar trocken.

„Sie können sicher eine Menge. Sie arbeiten doch bei Ihrem Onkel im Büro — und Sie können den großen Wagen fahren — und . . ."

„Na, Ninachen, wie geht es? Sorgt Gunnar gut für dich?"

Direktor Espetun war an ihren Tisch gekommen. Er war vergnügt und nett und jovial.

„O ja, ganz groß! Ich habe gerade zu Herrn Wigdahl gesagt, es muß wunderbar sein, Ihr schönes Auto zu fahren."

„So, du hast einen Blick für Autos, Ninachen? In meinem bist du aber noch nie gefahren, nicht wahr?"

„Nein!"

„Nun, dem kann ja abgeholfen werden. Du mußt Nina mal auf eine Fahrt mitnehmen, Gunnar. Du weißt, du kannst den Wagen nachmittags immer haben."

„Oh, das wäre ja phantastisch!" Ninas Augen blitzten.

Gunnar murmelte: „Ja, danke, Onkel, das ist furchtbar nett von dir."

Espetun nickte ihnen freundlich zu und ging weiter an den nächsten Tisch.

Und Nina nahm sich vor zu imponieren. Sie bemerkte beiläufig, sie sei im vergangenen Sommer in Stockholm zu Besuch bei einer Kusine gewesen, deren Vater Arzt ist und eine große Praxis in einer der schönsten Straßen von Stockholm hat.

„Wir sind oft mit ihm in die Stadt gefahren, wenn er in die Nervenklinik fuhr", sagte Nina. „Mein Onkel ist nämlich Psychopath!"

„Nein, wirklich?" sagte Gunnar, und mit einemmal zuckte ein Lächeln um seinen Mund. Er stand auf und holte sich etwas von der Tafel. Als er zurückkam, war seine Miene wieder ernst.

Nina sah ihn unsicher an. Hatte sie etwas Verkehrtes gesagt? Hieß es etwa nicht Psychopath?

„Erzählen Sie doch mal ein bißchen von Paris, Herr Wigdahl. Waren Sie im Louvre oder in Sanssouci?"

„Sanssouci liegt nicht in Paris; das liegt in Potsdam, nicht weit von Berlin."

Eine heiße Röte schoß Nina in die Wangen. Sie hätte heulen mögen! „Ja ... ja natürlich, ich habe mich bloß versprochen. Ich meinte ... ich meinte ..."

Gunnar sah in das glühende kleine Gesicht, und er empfand plötzlich Mitleid. „Man irrt sich so leicht, weil Sanssouci ein französischer Name ist", sagte er gutmütig. „Sie haben vermutlich an Versailles gedacht."

„Ach natürlich! Und sind Sie in Versailles gewesen?"

Ja gewiß, Gunnar war da gewesen, und er erzählte von dem Spiegelsaal und den Kunstwerken und all der verschwenderischen Pracht, und Nina lauschte. Und unterdessen kamen sie beim Nachtisch an, und Nina wußte selbst nicht, daß sie dasaß und blaue Trauben aß und Mandeln knackte.

Sie fühlte plötzlich, daß sie eine ungewöhnlich dicke Mandel in den Fingern hatte, und da klopfte ihr das Herz von neuem. Tatsächlich: Es waren zwei Kerne darin!

„Ach, sehen Sie mal, Herr Wigdahl, ein Vielliebchen!" Sie reichte ihm einen der Kerne. „Machen Sie mit? Bis wir uns das nächste Mal sehen?"

„All right", sagte Gunnar. „Sie gewinnen sicher. Ich vergesse so etwas immer."

„Sagen Sie das nicht", sagte Nina. „Wenn Sie gewinnen, stricke ich Ihnen ein Paar Skihandschuhe. Und wenn ich gewinne, dann ..."

„Werden dann nicht immer Konfekt oder Parfüm gewünscht?"

„O nein, davon habe ich genug", log Nina, ohne zu blinzeln. „Nein, dann ... lassen Sie mich mal überlegen. O ja, jetzt weiß ich es: Dann nehmen Sie mich mit auf die Autofahrt, von der Ihr Onkel gesprochen hat."

Gunnar saß allein im Wagen und sauste auf der nächtlich stillen Straße nach Villa Rosenhöhe zurück. Er hatte einige von den Gästen nach Hause gefahren. Nina war die letzte gewesen. Sie hatte ihm die Hand gegeben, und ihre Augen hatten so sonderbar fragend ausgesehen, ja beinahe flehend.

Gunnar zuckte die Achseln. Schade, daß sie so albern war. Uff, und dann dieses blöde Vielliebchen! Er mußte es so einrichten, daß er verlor; denn um keinen Preis der Welt wollte er selbstgestrickte Fausthandschuhe vor ihr geschenkt haben. Dann lieber diese Autofahrt! Er würde sie so kurz wie möglich machen.

Sanssouci in Paris! Und einen Psychopathen als Onkel!

Gunnar lachte ein wenig, als er den zweiten Gang einlegte und das letzte, steile Stück Straße hinauffuhr.

Dann dachte er an den englischen Brief, den er Montag an eine holländische Firma schreiben, und an die französische Offerte, die beantwortet werden mußte. Er war vor allem Auslandskorrespondent in der Fabrik seines Onkels. Aber er dachte ohne Freude daran.

Er machte leise die Garagentür zu und ging in sein Zimmer hinauf. Auf dem Schreibtisch stand das Bild eines Mannes im mittleren Alter mit ruhigen, klugen Augen hinter der Brille.

Gunnar blieb stehen und betrachtete das Bild, und in seine Augen trat ein Ausdruck von schmerzlicher, hoffnungsloser Sehnsucht.

Nina schlich auf Zehenspitzen die Treppe hinauf, schloß leise auf und lief so geräuschlos wie möglich in ihr Zimmer. Und auf Zehenspitzen ging sie zum Bücherregal und nahm das Fremdwörterbuch zur Hand.

P — Paravent — perfide — polichrom — Ps — da war es — Psychopath: gemütskranker Patient.

Die Röte brannte auf ihren Wangen, und sie schluckte. Sie las weiter, sie schlug zurück, sie suchte ...

Psychiater: Irrenarzt!

Oh, sie hätte sich noch nachträglich am liebsten die Zunge abgebissen!

Aber solch ein Schnitzer sollte nicht noch einmal vorkommen!

Nina schlüpfte aus ihrem Ballstaat und ging ins Bett mit Sehnsucht im Herzen, einem Kloß im Hals, glänzenden roten Wangen und dem Fremdwörterbuch als Bettlektüre.

Guten Tag, Vielliebchen!

„Na, Nina, war's schön?"

Die Eltern fragten wie aus einem Munde. Es war Sonntag, sie saßen beim Frühstück. Nina erschien mit kleinen Augen und übernächtig.

„O ja, ein sehr feiner Ball und so schönes Essen!"

„Das war sicher etwas anderes als die Tanzereien, die du bis jetzt mitgemacht hast?"

„Ja, ganz anders!" Nina setzte sich an den Tisch und schenkte sich ein großes Glas Milch ein.

„Was hat es denn gegeben?"

Nina erzählte vom Büfett mit all den köstlichen kleinen Gerichten. Sie erzählte von der großen schönen Bowle hinterher und von den leckeren kleinen Butterbroten und der Bouillon in Tassen.

„Und wie war denn nun der nette Neffe?"

Nina war sehr damit beschäftigt, sich Marmelade auf eine Scheibe Röstbrot zu streichen. Sie sah nicht auf, als sie antwortete: „Och — er war sehr still. Ich glaube, er ist wahnsinnig klug und irgendwie sehr erwachsen."

Sie biß in das Marmeladebrot. Es entstand eine kleine Pause. Die Mutter blickte forschend zu ihr hinüber.

„Und warst du mit deinem Kleid zufrieden?" fragte sie. „Hat es auch den anderen gefallen?"

„Na, und ob! Sie waren übrigens alle riesig schick."

Wieder Pause. Es war, als ob die Eltern mehr erwartet hätten, aber es kam nichts. Nina antwortete brav und artig auf alles, was sie gefragt wurde, aber wo war die schwärmerische Begeisterung einer Siebzehnjährigen nach dem ersten großen Ball?

Dafür fing Nina von etwas ganz anderem und ganz Unerwartetem an. „Papa", sagte sie, „mir ist da etwas eingefallen. Ob es nicht doch dumm von mir war, daß ich nicht weiter aufs Gymnasium gehen wollte? Glaubst du, es ist jetzt zu spät, um wieder zurückzugehen?"

„Nein, sieh mal einer an! Ist dies das Ergebnis deines ersten Balles? Selbstredend kannst du aufs Gymnasium gehen. Es macht doch nichts, wenn du ein Jahr ausgesetzt hast."

„Das Jahr ist auch nicht vergeudet", ergänzte die Mutter. „Es ist für ein junges Mädchen niemals verlorene Zeit, wenn sie Hauswirtschaft lernt."

Nina ging in diesem Winter auf die Haushaltungsschule. Die Mutter hatte es vorgeschlagen. Nina hatte bereitwillig zugestimmt, weil ihr Vater sie nicht nach Oslo schicken wollte, ehe sie nicht etwas älter war. Und im Grunde machte Nina das Kochen Spaß.

„Wie bist du denn auf diesen Gedanken gekommen, Nina?" fragte der Vater.

„Och, ich weiß nicht. Doch, wahrscheinlich deshalb, weil ich vor allen Dingen gern noch Sprachen lernen möchte. Ich habe ja Deutsch und Englisch gehabt. Das ist ganz schön, aber besser wäre es, wenn ich auch ein bißchen Französisch verstünde."

„Willst du in den neusprachlichen Zweig?"

„Ja, das wäre doch am vernünftigsten."

„Warum nicht in den humanistischen?" fragte der Vater. „Latein ist immerhin die Grundlage für Französisch und für moderne Sprachen überhaupt."

Nina überlegte. „Das wäre vielleicht nicht so dumm, und man hat ja im altsprachlichen Zweig auch Französisch."

„Ich freue mich über deinen Entschluß, Nina", lächelte Frau Löge. „Es wäre ohne dich hier zu Hause einsam gewesen. Denk nur, dann haben wir dich noch drei Jahre zu Haus!"

Die Mutter strich Nina über die Wangen, und ihr Blick war froh. Nina lächelte, aber es war ein sonderbares, blasses Lächeln.

Kurz danach stand sie auf. „Ich muß mein Zimmer aufräumen. Ich war so müde, als ich heute nacht nach Hause kam, daß alles noch wie Kraut und Rüben durcheinanderliegt. Vielen Dank fürs Frühstück, Mammi!"

Nina war seltsam klein und schmal, als sie jetzt aus der Tür schlüpfte und sie leise hinter sich zumachte.

Ihre Eltern sahen einander an.

„Verstehst du etwas von alledem?" fragte Martin Löge.

„Ja, natürlich", lächelte seine Frau. „Nina ist in Espetuns Neffen verliebt. Er kann wahrscheinlich Französisch!"

„O ihr Weibsleute!" schmunzelte ihr Mann. „Du bist ganz sicher, daß es so zusammenhängt?"

„Ich war auch mal ein junges Mädchen, und ich kenne meine Tochter", sagte Frau Löge mit unerschütterlicher Gewißheit. „Und wenn nichts Schlimmeres dabei herauskommt, als daß sie gern mehr lernen will, dann mag das Kind sich ruhig verlieben. Möchtest du noch etwas Kaffee?"

Nina streifte das feine Ballkleid säuberlich über einen bezogenen Bügel, hüllte die ganze Pracht in einen Überzug und hängte sie zuhinterst in den Kleiderschrank. Sie sann einen Augenblick vor sich hin. Gestern, als sie das Kleid anzog, hatte ihr Herz vor Erwartung geklopft, und heute — heute?

Sie wußte nicht, daß sie enttäuscht war. Sie wußte eigentlich nicht, was sie von diesem Ball erwartet hatte. Was war das denn für ein Wunsch, der nicht erfüllt worden war? Sie hatte doch die ganze Zeit getanzt, jeden einzelnen Tanz. Mauerblümchen war sie nicht gewesen. Sie hatte die Hauptperson des Abends als Tischherrn gehabt, und er hatte sie nach Haus gefahren.

Weshalb war sie enttäuscht? Weshalb war ihr so schwer ums Herz?

Und was war denn an Gunnar eigentlich aufregend? Hübsch, ja natürlich, das war er. Aber was bedeutet das bei einem Mann? Klug — das war er auch; das konnte man an seinen Augen sehen und an der Art hören, wie er redete, so ruhig und sicher und — ja, so erwachsen.

Und reich? Ja, reich war er bestimmt, der Neffe des reichen Espetun. Er würde sicher einmal den Onkel beerben. Davon munkelten ja alle Leute. Und Gunnar war in Oslo aufgewachsen. Er war größere Verhältnisse gewöhnt, die schicken und hübschen Mädchen der Hauptstadt. Wie durfte man erwarten, daß er auch nur das geringste Interesse für ein kindliches, kleines Mädchen aus Lillevik haben könnte? Ein unbeholfenes kleines Mädchen, das nicht Französisch konnte und das obendrein noch grauenhafte Böcke mit Fremdwörtern schoß?

Nina war trübselig zumute, als sie so vor ihrem Kleiderschrank stand. Dann mit einemmal warf sie den Kopf zurück.

Das würde nicht noch einmal vorkommen! Sie wollte zeigen, daß sie etwas konnte. Sie wollte aufs Gymnasium gehen; sie wollte den altsprachlichen Zweig machen; sie wollte klug und gescheit werden, und sie wollte Gunnar zeigen, daß sie mehr war als ein gewöhnliches Kleinstadtmädchen.

Nina kam von der Haushaltungsschule nach Hause. Sie begrüßte die Mutter mit einer schnellen kleinen Umarmung und ging dann in ihr Zimmer. Draußen strahlte die Märzsonne und kündigte den Frühling an mit blauen Leberblümchen und gelben Krokussen.

Nina zog sich um. Sie wechselte das Schulkleid gegen das neue Kostüm aus. Dann bürstete sie sorgfältig ihr Haar, polierte sich die Nägel, legte Rot auf die Lippen und zog die neuen, teuren Wildlederschuhe an, die sie ihrem Vater eines Tages in einer seiner schwachen Stunden abgebettelt hatte. Solche schwache Stunden hatte er ziemlich häufig; das ließ sich nicht leugnen.

„Na, Nina, willst du ausgehen?"

„Es ist so herrliches Wetter, Mammi. Ich möchte einen Spaziergang machen, solange die Sonne scheint."

„Tu das, mein Kind. Möchtest du aber vorher nicht etwas essen?"

„Nein, danke, ich bin nudelsatt. Wir hatten heute in der Schule geräuchertes Hammelfleisch und Fleischbrühe."

Nina aß in der Haushaltungsschule zu Mittag. „Es ist doch nötig, daß wir uns durch unsere Kunststücke hindurchessen. Dabei lernen wir ja", hatte sie den Eltern erklärt. Nur wenn das Essen in der Schule nicht nach Ninas Geschmack gewesen war, hielt sie sich an Mutters Tisch schadlos. Aber in den letzten Tagen hatte sie stets versichert, daß sie satt sei, und dann hatte sie sich so hübsch gemacht, wie sie konnte, und war spazierengegangen.

Die Mutter sah ihr nach und schüttelte den Kopf. Sie war nicht froh, ihre Nina! Irgend etwas bedrückte sie. Dachte sie vielleicht immer noch an den jungen Gunnar? Jetzt war eine Woche seit dem Ball verstrichen, und Nina war in dieser Woche schweigsam und verschlossen gewesen. Sie konnte abends stundenlang in ihrem Zimmer sitzen und lesen. Die Mutter sah sich nachdenklich die Bücher an, die auf Ninas Tisch lagen. Sie hatte sie sich aus Vaters Bücherregal geholt: ein paar Bände vom großen Konversationslexikon, ein Buch über klassische Malerei, ein Buch über französische Schlösser und einen Fremdenführer von Paris.

Wissensdrang war gut und schön. Aber bei Nina war er ein bißchen plötzlich gekommen, und es war keinerlei Freude damit verbunden. Und der Wunsch, aufs Gymnasium zu gehen? Ja, die Mutter freute sich darüber, aber . . .

Frau Löge seufzte. Sie wußte, daß es im Leben eines jungen Mädchens Augenblicke gab, in denen niemand helfen konnte, nicht einmal die Mutter. Eine Mutter schon gar nicht.

Nina blickte auf die Uhr. Halb vier! Sie ging rasch und zielsicher den Strandweg entlang. Zwischendurch warf sie immer einmal einen schnellen Blick auf die Armbanduhr.

Als diese vier zeigte, machte Nina kehrt, und nun ging sie langsamer, auffallend langsam.

Die Bürozeit in der Fabrik war um vier Uhr zu Ende. Zwischen vier und halb fünf *mußte* doch Espetuns Wagen herausgefahren kommen! Gestern war sie zu früh unterwegs gewesen. Vorgestern war Vorstandssitzung gewesen, das hatte der Vater abends beiläufig erwähnt. Aber heute . . .?

Nina ging immer langsamer. Sie blieb stehen und blickte über den Fjord. Dann hob sie den Kopf. Sie hatte ein Auto brummen hören.

Und dort — dort kam er, der große amerikanische Wagen mit Glas vorn und Glas hinten und Glas überall — der Wagen, den ganz Lillevik kannte. Ein dunkler Kopf am Steuer, Espetuns rundes, joviales Gesicht daneben.

Nina lächelte und winkte. Espetun sagte etwas zu Gunnar, und das Auto hielt an. Espetun kurbelte das Fenster herunter und streckte Nina die Hand hin.

„Hallo, Ninachen, was machst du denn hier draußen?"

„Ach, ich gehe nur spazieren in dem schönen Wetter ... Übrigens: Guten Tag, Vielliebchen, Herr Wigdahl!"

Espetun lachte. „Da hattest du Pech, Gunnar. Nun bist du aber reingefallen."

Gunnar lächelte ein wenig. „Ich hatte ja von vornherein gesagt, daß ich verlieren würde."

„Und worum ging es denn, wenn ich mir erlauben darf, zu fragen?"

„Um eine Autofahrt", sagte Nina schnell, „die Sie mir neulich so nett angeboten haben — oder richtiger uns."

„Sieh mal einer an, das ist gar nicht dumm." Espetun streckte die Hand nach hinten und öffnete die hintere Tür. „Steig ein, Nina, wenn du Zeit hast! Du kannst bei uns zu Mittag essen, und dann könnt ihr den Wagen haben und einen langen Nachmittagsausflug machen. Ein verlorenes Vielliebchen ist doch eine Ehrenschuld, nicht wahr? Und eine Ehrenschuld muß man schnellstens bezahlen!"

Nina klopfte das Herz bis zum Hals.

„Tausend Dank", sagte sie leise. Sie mußte leise sprechen, fast vorsichtig, damit Espetun und vor allem Gunnar nicht merkten, daß ihre Stimme vor Freude bebte.

Das Auto brummte weiter, und Nina fand, die Frühlingssonne scheine doppelt so strahlend wie vorher. Ihr Herz klopfte in einem fort. Ihr war fast feierlich zumute. Sie fand es wunderbar und merkwürdig, in Espetuns Auto zu sitzen und in der Villa Rosenhöhe zu Mittag zu essen. Und hinterher — hinterher? Ihr Herz schlug so sehr, daß sie es zu hören glaubte.

Aber Gunnar saß schweigend da und lenkte seinen Wagen, und Ninas Augen hingen an seinem schmalen Nacken.

Sie wußte, dieser Junge bedeutete etwas für sie. Er bedeutete ihr schlechthin alles!

Und dabei war sie nur ein einziges Mal mit ihm zusammen gewesen.

„Wir haben einen Mittagsgast mitgebracht, Fanny!" Espetun schob Nina vor sich durch die Tür ins große, helle Wohnzimmer.

„Ach, das ist ja Nina! Das ist aber nett!"

Frau Espetun war freundlich und gastfrei. Sie ließ noch ein Gedeck auflegen.

„Darf ich vielleicht eben zu Haus anläuten?" fragte Nina. „Damit sie Bescheid wissen!"

„Natürlich! Zeige Nina, wo das Telefon ist, Gunnar."

Gunnar nahm sie mit ins Herrenzimmer, sah nach, ob das Telefon nicht zum Schlafzimmer umgestellt war, und ließ sie allein. Nina läutete ihre Mutter an.

„Viel Vergnügen, mein Kind", sagte Frau Löge. Und als sie den Hörer aufgelegt hatte, huschte ein kleines Lächeln über ihr Gesicht: Ninas Stimme hatte so froh geklungen!

Und nun saß Nina in dem großen schönen Eßzimmer Gunnar gegenüber. So sah es hier also aus, wenn das Zimmer nicht für das Tanzen ausgeräumt war! Du liebe Zeit, welch großer Raum! Die Möbel waren aus schwerer, geschnitzter Eiche, die Stühle mit dunklem Leder bezogen. Ein Mädchen in schwarzem Kleid mit steifgestärkter Schürze und mit einem Häubchen auf dem Kopf trug das Essen auf.

Nina hütete sich zu erzählen, daß sie schon einmal zu Mittag gegessen hatte. Das wäre ja noch schöner, wenn sie es nicht noch ein zweites Mal schaffte — in solcher Umgebung und in solcher Gesellschaft!

Nina aß und lächelte liebenswürdig. Sie war lebhaft und antwortete munter auf Espetuns freundliche Fragen. Gunnar war sehr schweigsam. Wurde er gefragt, antwortete er einsilbig.

Weshalb interessiere ich mich nur so sehr für diesen Stockfisch? dachte Nina plötzlich. Und sie war innerlich wütend auf ihn.

Aber dann sah sie auf das ernsthafte, schmale Gesicht, und sie fühlte sich sofort wieder hilflos.

„Was machst du eigentlich, Nina?" fragte Frau Espetun. „Du bist doch schon mit der Schule fertig, nicht wahr?"

„Ja, das hatte ich selber gedacht", lächelte Nina. „Aber zum Herbst hole ich die Bücher wieder hervor."

„Sieh mal einer an!" sagte Espetun. „Willst du etwa das Abitur machen?"

„Zuerst wollte ich ja auf die Webschule gehen, aber jetzt möchte ich doch lieber das Abitur machen."

„Und was willst du dann werden?"

„Das — das weiß ich noch nicht. Aber es kann bestimmt nichts schaden, wenn man das Abitur hat. Dann lerne ich doch auf alle Fälle noch mehr Sprachen."

Endlich blickte Gunnar sie an.

„Interessieren Sie sich für Sprachen?"

„Ja, wahnsinnig! Und das bißchen, was wir in der Mittelschule gelernt haben, ist doch für die Katz."

„Sagen Sie das nicht! Das Mittelschulpensum ist eine sehr gute Grundlage. Wollen Sie in den neusprachlichen Zweig?"

„Nein, in den altsprachlichen."

Jetzt war ein wirkliches Interesse in Gunnars Blick zu spüren.

„Weshalb wollen Sie denn Latein lernen?"

„Nun ja, Latein ist doch schließlich die Grundlage für alle Sprachen."

„Hast du das gehört, Gunnar?" sagte Espetun. „Ja, dann mußt du dich an Gunnar halten, Nina. Er kann dir sicher helfen, wenn einmal Schwierigkeiten auftauchen."

„Sicher", sagte Gunnar und verstummte von neuem.

„Später möchte ich dann reisen", sagte Nina. „Es muß

herrlich sein, ein bißchen in die Welt hinauszukommen und sich umzuschauen."

„Unbedingt", sagte Espetun. „Nicht wahr, Gunnar? Weißt du, Nina, unser Junge will nämlich nächstes Jahr auch reisen, für unser Geschäft — nach Afrika und nach Sumatra. So ist es, wenn man in einer Fabrik für Gummischuhe arbeitet. Da kann es ganz zweckmäßig sein, wenn man einmal eine kleine Reise zu den Gummibäumen macht und das Rohmaterial sozusagen von Grund auf studiert."

„Oh, haben Sie aber Glück!" entfuhr es Nina.

Espetun schmunzelte. „Und wie ich Gunnar kenne, wird er die Sprache der Eingeborenen noch gründlicher studieren als das Zapfen des Gummis. Er ist in dieser Beziehung erblich belastet, mußt du wissen."

Gunnar wehrte etwas ungeduldig ab und richtete den Blick auf Nina. Seine Stimme klang munter und vergnügt — sehr vergnügt, sehr eifrig, als er fragte: „Wo wollen wir denn heute nachmittag hinfahren, Fräulein Löge? Sie kennen doch Lilleviks Umgebung besser als ich."

„Fahrt doch nach Lynghei. Dann könnt ihr oben im Hotel Kaffee trinken", schlug Espetun vor.

„Lynghei, das hört sich hübsch an", sagte Gunnar. Er hatte sich kerzengerade hingesetzt. Plötzlich interessierte er sich ungemein für die Autofahrt dieses Nachmittags — oder er tat wenigstens so.

„Dort ist es wirklich hübsch. Im Sommer natürlich am hübschesten und auch im Herbst. Aber jetzt im Frühling ist es auch schön."

Sie waren mit dem Essen fertig. Nina und Gunnar sausten im Auto davon. Sie rollten geräuschlos und glatt auf dem Strandweg dahin und nach Lynghei hinauf. Die Märzsonne goß ihr Licht und ihr Geglitzer über sie. Alles hätte so schön sein können, wenn nur — wenn nur ein netterer, vertrauterer Ton zwischen ihnen gewesen wäre.

Nina überlegte krampfhaft, worüber sie sich mit Gunnar unterhalten sollte. Was ihn auftauen würde, wie sie ihn zum Reden bringen könnte.

„Was machen Sie eigentlich in der Fabrik?“ wagte sie schließlich zu fragen.

„Ach, so allerlei. Ich schreibe unter anderem Briefe an holländische und belgische Lieferanten. Wir bekommen Gummi aus den Niederlanden und Knöpfe und Reißverschlüsse und dergleichen aus Belgien.“

„Freuen Sie sich nicht riesig darauf, daß Sie diese Reise machen dürfen?“ sagte Nina. „Denken Sie bloß, gleich bis nach Sumatra!“

„O ja, das kann ganz interessant sein. Geht es jetzt geradeaus weiter, oder biegen wir nach rechts ab?“

„Den nächsten Weg nach rechts. Es war doch nett von Ihrem Onkel, daß er Ihnen den Wagen überlassen hat.“

„Ja, er ist oft viel zu nett.“

„Ein Jammer, daß er selber keine Kinder hat“, sagte Nina.

„Ja, das ist ein großer Jammer.“

„Aber für Sie ist es ein Glück. Hätte Ihr Onkel selber einen Sohn, dann hätten Sie wohl diese Stellung nicht bekommen.“

„Nein, das hätte ich sicher nicht.“

Leere Worte, unpersönliche Bemerkungen! Das Auto fraß die Kilometer. Und Nina wurde das Herz immer schwerer. Konnte gar nichts diesen sonderbaren Jungen erweichen?

Da tauchte das Hotel von Lynghei auf, ein rührendes, kleines, ländliches Hotel im Schweizer Stil mit spitzgiebligem Dach und Veranden. Im ersten Stock lag ein kleines Café für Autoausflügler. Im Sommer war hier meist riesiger Verkehr, erzählte Nina. Aber heute waren sie und Gunnar die einzigen Gäste. Den Kaffee und eigengebackenen Apfelkuchen brachte ihnen die Wirtin selber.

Eine graue Katze kam von der Küche ins Café geschlichen, und Nina lockte sie zu sich heran. Sie kam näher, Nina tat ein wenig Sahne auf ihren kleinen Finger und ließ sie lecken. Die Katze schleckte zufrieden und hüpfte dann auf Ninas Schoß.

Gunnar sah zu, wie Nina das weiche Fell streichelte. „Haben Sie Tiere gern?" fragte er.

„Ja, mächtig! Und Sie?"

„O ja, ich auch. Am liebsten vielleicht Hunde. Wir hatten zu Hause einen Hund, der ... Nein, Musch, nicht mit der Schnauze in meinen Teller. Hier, schau her ..." Gunnar goß etwas Sahne in einen Teller und stellte ihn der Katze hin.

„Haben Sie den Hund nicht mehr?" fragte Nina.

„Nein, er ist tot."

„Wie schade!"

„Ja, nach meines Vaters Tode zogen wir nach Trondheim, und es wurde dann zu schwierig mit dem Hund. Vor allem war der Hund nie mehr so ganz in Ordnung. Er trauerte so sehr ..." Gunnar unterbrach sich, nahm einen Schluck Kaffee und kraulte die Katze am Hinterkopf.

Die Tür zur Küche ging wieder auf, und ein kleines Mädchen von sechs oder sieben Jahren kam herein.

„Ist die Musch hier? Wo bist du, Musch?"

Das Kind kam näher. Es streckte die Arme vor sich her, stützte sich an einem Stuhl, änderte die Richtung und stieß mit dem Kopf gegen eine Stuhllehne.

„Au", sagte die Kleine, rieb sich die Stirn, machte aber sonst kein Wesens davon.

„Du mußt dich vorsehen, Kleines", sagte Nina lächelnd.

Gunnar hatte die Tasse hingestellt. Seine Augen hingen an dem kleinen Mädchen.

Jetzt wandte er sich kurz zu Nina um und sagte leise auf englisch zu ihr: „Machen Sie doch die Augen auf! Sehen Sie nicht, daß das Kind blind ist?"

Gunnar war aufgestanden. Nina folgte ihm mit den Augen. Seine Bewegungen waren plötzlich verändert. Und als er sich über das Kind neigte und mit ihm sprach, zuckte Nina zusammen. Seine Stimme war nicht krampfhaft liebevoll und ruhig, aber sie hatte eine Wärme, daß Ninas Herz laut schlug. Es durchfuhr sie ein stechender Schmerz.

Ob er wohl jemals diese Stimme haben würde, wenn er mit ihr redete?

Gunnar hatte das kleine Mädchen an die Hand genommen. „Komm, wir wollen deine Musch holen. Du hast aber eine hübsche Musch! Ist das deine?"

„Ja, meine ganz allein!"

„Dann gibst du ihr zu fressen?"

„Ja, und auch Milch, und ich wasche ihren Futternapf ab; Mutter sagt, alle Miezekatzen wollen saubere Näpfe für ihr Fressen haben. Bist du hier Gast?"

„Ja, ich sitze hier und trinke Kaffee zusammen mit einem Mädchen. Willst du ihr guten Tag sagen?"

„Ist sie ebenso nett wie du?"

„Findest du, daß ich nett bin?"

„Ja, das bist du. Wie heißt du?"

„Ich heiße Gunnar. Und du?"

„Ellen, und ich bin sieben Jahre alt."

Gunnar hatte die kleine Ellen an seinen Tisch geführt. Jetzt nahm Nina die kleine Kinderhand in die ihre. „Guten Tag, Ellen. Ich heiße Nina. Hier hast du deine Musch. Sie hat auf meinem Schoß gelegen."

Gunnar hob Ellen hoch und setzte sie auf den freien Stuhl neben sich. Die Kleine streckte die Hand aus und stieß an Gunnars Teller mit dem halbgegessenen Kuchen.

„Au, was habe ich denn da jetzt gemacht? Nein, so was! Weißt du" — das Gesicht mit den blinden Augen war auf Gunnar gerichtet — „ja weißt du, ich kann nämlich nicht sehen!"

„Es gibt viele, die das nicht können", sagte Gunnar. Seine Stimme war so nüchtern und ruhig, und trotzdem — es zitterte eine verhaltene Wärme darin.

Nina hatte plötzlich einen Kloß im Hals. Das kleine runde Kindergesicht mit dem toten Blick und die zarte, vertrauensvolle Kinderstimme — und dann Gunnars Stimme — o diese Stimme — diese Stimme!

„Du kommst doch sicher nächstes Jahr in die Schule?" fragte Gunnar.

„Ja, wenn ich acht bin. Und dann reise ich ganz weit weg — so weit — einen ganzen Tag mit dem Zug. Eßt ihr Apfelkuchen?"

„Ja, das tun wir. Er schmeckt gut. Hat ihn deine Mutti gebacken?"

„Ja, gewiß. Und ich habe auch ein Stück bekommen. Aber von den Gästen darf ich nichts annehmen. Sonst bekomme ich Bauchweh, sagt Mutti. Die wollen mir immer alle was geben, weißt du!"

„Ja, ich verstehe. Aber deine Musch bekommt doch sicher kein Bauchweh. Sie hat nämlich von uns ein bißchen Sahne bekommen."

„Oh, ihr seid aber lieb!" sagte Ellen. Ihre Stimme war hell und vergnügt. „Weißt du was? Ich fahre heute zu Großmama. Und Großmama hat eine Kuckucksuhr. Wenn die schlägt, dann klingt es gar nicht so wie bei unserer Uhr. Bei Omas Uhr kommt ein Vogel heraus und schreit. Ich habe ihn gesehen. Du, ich möchte dich auch ansehen."

Gunnar neigte sich zu dem Kind hinunter. Zwei kleine Hände legten sich auf sein Gesicht: Kleine leichte Finger strichen über seine Stirn, über die Wangen, über sein Kinn und den Nasenrücken.

„Du bist aber hübsch! Dich mag ich leiden", sagte Ellen und setzte sich ganz dicht neben Gunnar.

Jetzt konnte sich Nina nicht mehr halten. Die Tränen

stürzten ihr aus den Augen. Und sie mußte schnell ihr Taschentuch hervorholen.

„Wo wohnt denn deine Großmama?“ fragte Gunnar.

„In der Stadt, in Lillevik. Wir fahren mit dem Autobus“, erzählte Ellen.

„Sitzt du hier, du Strick?“

Es war die Wirtin, die in der Tür erschien. „Sie müssen das Kind entschuldigen — sie weiß, daß sie Gästen nicht lästig werden soll ...“

„Sie ist uns aber gar nicht lästig gewesen, im Gegenteil!“ Gunnars Stimme klang hell und gut. „Wir haben uns schon angefreundet, nicht wahr, Ellen?“

„Ja, das haben wir, klar. Fahrt ihr nachher auch bald mit dem Bus?“

„Nein, wir haben draußen unseren Wagen. Aber vielleicht möchtest du mit uns kommen und deine Mutti auch. Dann fahren wir euch bis zu Großmamas Haustür.“

„Aber ich bitte Sie! Sie dürfen doch nicht ...“ Es war Ellens Mutter, die höflich widersprach.

„Oh, Mutti, dürfen wir nicht? Gunnar ist so nett, und ich möchte so gern in seinem Auto fahren!“

„Ja, komm nur mit“, sagte Gunnar. „Wir haben Platz genug, und wir fahren sowieso nach Lillevik.“

„Darf ich dann neben dir sitzen?“ fragte Ellen.

„Das darfst du!“

„Ja, wenn es wirklich geht“, sagte Ellens Mutter, „dann vielen Dank ... äh ... Herr Espetun vermute ich?“

Gunnar lächelte. „Ich merke, Sie kennen den Wagen. Aber ich heiße nicht Espetun. Das Auto gehört meinem Onkel. Mein Name ist Gunnar Wigdahl. Und dies ist Fräulein Löge!“

„Frau Stensbö“, stellte sich die Frau vor. Ja, dann wollen wir uns schnell anziehen, Ellen. Beeile dich, damit wir deinen neuen Freund nicht warten lassen.“

Ellen rutschte vom Stuhl herunter. Nina legte ihr die Katze auf den Arm, und das kleine Mädchen ging vorsichtig durch das Café und in die Küche hinaus. Die Mutter folgte ihr.

Gunnar blieb mit einem seltsam wehmütigen kleinen Lächeln um den Mund sitzen.

Da erinnerte er sich plötzlich an Ninas Existenz und er fragte: „Nun, Fräulein Löge, hat es so einen Eindruck auf Sie gemacht?"

Nina hatte rote Augen und eine blanke Nase. Sie lächelte ein wenig beschämt. „Ja, wissen Sie, ich habe noch nie ein blindes Kind gesehen — und die Kleine war so rührend — und sie tut mir so schrecklich leid — Herr Wigdahl, Sie müssen entschuldigen, daß ich so sentimental bin."

„Da kann man doch nicht von Sentimentalität reden. Es ist ganz verständlich und menschlich", sagte Gunnar. „Wenn Sie nur das Kind nicht merken lassen, daß Sie ... daß Sie sentimental sind, wie Sie es nennen; denn das darf man nicht tun."

„Nein, das verstehe ich. Und das war der Grund, weshalb Sie ihr antworteten: ‚Es gibt so viele, die nicht sehen können', als sie sagte, daß sie ..."

„Ja, das stimmt ja auch. Es gibt leider viele Blinde. Und Sie verstehen, es ist für jedes blinde Kind eine Hilfe, wenn es erfährt, daß es anderen genauso geht."

„Haben Sie denn mit vielen Blinden zu tun gehabt?"

„Allerdings."

Mit einemmal war die Stimme wieder trocken und unpersönlich, so wie Nina sie nur zu gut kannte.

Aber nun wußte sie, daß die Stimme auch eine Herzenswärme verraten konnte. Nun wußte sie, daß hinter der ruhigen Maske sich etwas verbarg. Und darum wagte sie jetzt weiterzusprechen, und sie war nicht mehr unnatürlich aufgeregt und verkrampft, sondern fragte frei heraus:

„Dann haben Sie sie wohl in Trondheim gesehen; ich weiß ja, daß es dort die Blindenschule gibt."

„Ja, das stimmt."

Gunnar stand auf. Er holte Ninas Mantel vom Haken.

„Sind Sie schon einmal selbst in der Blindenschule gewesen?" wollte Nina wissen.

„Ja." Gunnar hielt Nina den Mantel und reichte ihr ihren Schal. Es war, als zauderte er ein wenig, dann fügte er hinzu — und seine Stimme war ungewöhnlich ruhig, ungewöhnlich nahe: „Ich habe eine kleine Schwester in der Blindenschule." Dann wandte er sich ab. „Da bist du ja, Ellen, und hast sogar den Teddy auf dem Arm und was noch alles. Soll der Teddy auch mit zu deiner Großmutter?"

„Ja, und im Auto soll er auf meinem Schoß sitzen, neben dir!"

„Das soll er. Komm, gib mir deine Hand und, ja — und nun legen wir ein Kissen hin, wo ihr sitzen sollt, du und dein Teddy."

Nina saß mit Frau Stensbö hinten im Wagen, und es wurde ihr schwer, sich soweit zusammenzunehmen, daß sie auf Frau Stensbös freundliche kleine Bemerkungen antworten konnte.

Ihre Augen hingen an dem schmalen Nacken vor ihr. Sie hörte die ganze Zeit die gute Stimme, die auf Ellens Geplapper antwortete — so ruhig und liebevoll und ganz natürlich und unsentimental.

In Ninas Brust arbeitete es. Verschiedene Gefühle rangen miteinander. Es war ein seltsamer Wirrwarr, in dem sie sich nicht zurechtfand. Mitleid mit der kleinen Ellen, Freude an Gunnars guter warmer Stimme — und dann trotz allem im Hintergrund der Gedanke: Wir wollten doch diese Fahrt allein machen! Es ist ganz gegen das Programm, daß ich hinten im Wagen sitze und zusehen muß, wie Gunnar einem fremden Kind Fürsorge und Wärme schenkt.

Nina schluckte und schluckte. Nur weil Frau Stensbö neben ihr saß, konnte sie ihre Tränen zurückhalten.

Vor einem kleinen, weißgestrichenen Haus in der Marktstraße setzte Gunnar Ellen und die Mutter ab. Nina ging wieder nach vorn zu ihm.

Auf dem Rückweg hatte sie nur einen einzigen Gedanken: den glühenden Wunsch, daß er ihr etwas Freundliches sagte, etwas von einem Wiedersehen, damit sie sich auf etwas freuen könnte, und einen winzig, winzig kleinen Beweis dafür hatte, daß er sie mochte.

Aber Gunnar fuhr sie nach Haus, reichte ihr zum Abschied die Hand — und wendete. Als Nina die Treppe hinaufging, hörte sie, wie der Wagen davonrollte. Ihr Herz war schwer wie Blei.

Das also war das Vielliebchengeschenk gewesen!

Was ist mit Nina los?

„Ich glaube, das Kind ist verhext", sagte Herr Löge. „Kannst du verstehen, was mit ihr los ist?"

Er hatte wahrlich allen Grund zu dieser Frage. Er kannte sein fröhliches kleines Mädchen nicht wieder. Seit einer Woche schon ging sie mit einem traurigen Gesicht umher, gab keine Antwort, wenn die Eltern sie ansprachen, hatte niemals einen Scherz bereit, kein einziges kleines neckendes Wort, das sonst bei ihr locker saß.

Dann erzählte sie eines Tages, daß die Haushaltungsschule ihr Abschlußfest gebe. Jedes Mädchen dürfe sich einen Jungen einladen. Sie würden alles allein kochen, und es sollte getanzt werden.

„Und ich müßte unbedingt ein neues Kleid haben."

Da aber widersprach der Vater. „Schon wieder ein neues Kleid? Du hast erst zum Ball ein wahnsinnig teures Kleid bekommen . . ."

„Aber, Vati, das war doch ein Ballkleid! Das kann ich diesmal nicht anziehen. Ich habe kein einziges wirklich schickes Nachmittagskleid . . ."

„Da hört doch die Weltgeschichte auf!"

Nun hatte sie ein Paar neue Schuhe bekommen mit so hohen Absätzen, daß der Vater den Kopf geschüttelt hatte. Sie hatte sich einen neuen Hut erbettelt und ihre Mutter herumgekriegt, daß sie ihr die eigenen neuen Handschuhe schenkte. Kleider und Kleider und Kleider! All ihr Taschengeld befand sich auf dem Toilettentisch in Form von Nagellack, Cremes, Puder und Lockenwicklern.

Was war mit Nina los? Was war mit diesem fröhlichen, munteren Mädel los, das den Eltern niemals ernstliche Schwierigkeiten gemacht hatte? Wenn sie jetzt überhaupt einmal etwas sagte, dann nur, um sich neue Kleider auszubitten, und selbst das tat sie mit einem blassen und traurigen Gesicht.

Da hatte sie nun ein schönes Zuhause, die Eltern lebten nur für sie. Sie hatte viele fröhliche junge Freunde und Freundinnen. Sie hatte einen großen Ball mitgemacht und eine Autofahrt mit diesem Neffen von Espetun . . .

Die Autofahrt, ach ja! Seit dieser Fahrt war sie so stumm und so auffallend wenig zugänglich gewesen. Es sollte doch nicht etwa . . .?

„Du", sagte Martin Löge, „sage mir mal ganz ehrlich: Ist das Mädel etwa unglücklich verliebt?"

„Ich glaube ja", antwortete seine Frau. „Und sie tut mir deswegen leid. Es würde nicht das geringste nützen, wenn ich ihr erklärte, daß man eine unglückliche Verliebtheit durchmachen muß, genau wie Masern und Keuchhusten

Das muß seinen Lauf nehmen, und natürlich tut es weh, solange es dauert. Und das ist dann einer von den Fällen, bei denen die Eltern durchaus nicht helfen können. Wir wissen, daß es vorübergeht, und damit müssen wir uns trösten."

„Du redest wie ein Buch", sagte Martin Löge. Er saß ein Weilchen still und kaute an seiner Stummelpfeife. „Im Grunde dauert mich das Mädel sehr", erklärte er schließlich.

„Natürlich tut es das." Frau Löge lächelte ein wenig; sie wußte, was jetzt kommen würde.

„Wenn du ... äh ... wenn du also meinst, daß es ein Trost für sie ist, dann mag sie ruhig dieses Kleid bekommen. Langsam, aber sicher ruiniert sie mich allerdings — aber..."

„Aber du läßt dich gern ruinieren", lächelte Frau Löge und gab ihrem Mann einen Kuß auf die Backe.

Und dann bekam Nina ein wunderhübsches Kleid, das für einige Augenblicke ein Lächeln auf ihr Gesicht zauberte und Herrn Löge eine liebevolle Umarmung eintrug.

Nina läutete mit klopfendem Herzen in Villa Rosenhöhe an, und es ging so, wie sie es überlegt hatte. Frau Espetun war am Telefon. Nina hatte das Auto vor der Sauna gesehen. Dann war Direktor Espetun dort, und sie hoffte, daß Gunnar mit war; denn gerade Frau Espetun wollte sie sprechen.

„Guten Tag, Frau Espetun! Hier ist Nina. Könnte ich wohl mit Ihrem Neffen sprechen?"

„Ach, guten Tag, Ninachen! Nein, Gunnar ist nicht zu Hause. Aber soll ich ihn bitten, dich anzuläuten, oder kann ich irgendeinen Bescheid entgegennehmen?"

„Ja, wenn Sie so nett sein wollten und fragen ..." Und Nina erzählte von dem Fest in der Haushaltungsschule und daß jedes Mädchen sich einen Kavalier einladen dürfte. „Und nun wollte ich fragen, ob Herr Wigdahl ..."

„Ach, Gunnar ist, glaube ich, schon eingeladen. Kirsten Roed hat gestern angerufen und ihn aufgefordert. Zu dumm, daß du zu spät gekommen bist. Aber so ist es mit den vielbegehrten Kavalieren. Weißt du, Gunnar hätte sich bestimmt geschmeichelt gefühlt . . ."

„Ja, aber . . . könnten Sie . . . ich wollte . . ."

Frau Espetun half ihr: „Nein, weißt du was, ich erzähle überhaupt nicht, daß du angeläutet hast. Es ist gar nicht gesund für den Jungen, wenn er merkt, daß er so begehrt ist, nicht wahr?" Frau Espetun lachte munter.

Nina hätte sie umarmen können!

„Das ist sicher richtig, Frau Espetun. Ich wollte ja auch nur fragen. Es ist gar nicht schlimm. Ich habe genug Jungens, die ich einladen kann."

„Ja, daran zweifle ich nicht. Und dann wünsche ich dir auch viel Vergnügen, Ninachen."

Nina legte den Hörer auf. Sie mußte erst ein paarmal tief aufatmen, ehe sie das Telefon wieder aufnahm und Nils Samuelsen zum Abschlußfest einlud.

Die jungen Mädchen hatten sich viel Mühe gemacht und die Wände mit Vögeln und Fischen, Braten, Gemüsen und Obst dekoriert, die auf Papierrollen gemalt waren. Das Essen war untadelig, und sie hatten sich damit redlich geplagt.

Und dann kamen die Gäste, muntere Jungen, die mit reizender Offenheit erzählten, daß sie das Mittagessen übersprungen hätten, weil sie genügend Platz für das Essen in einer Haushaltungsschule haben wollten.

Es wurde gealbert, sie zogen sich gegenseitig auf und lachten. Keiner war so laut und keiner lachte so viel wie Nina. Sie hatte vor Aufregung rote Flecken auf ihren Wangen. Der Lippenstift glänzte um die Wette mit dem Nagellack, und sie tanzte auf hohen, bleistiftspitzen Hacken.

Es wäre ja noch schöner, wenn sie auf Gunnar angewiesen sein sollte, um sich zu amüsieren! Er sollte ruhig sehen, daß es noch andere gab, die gern mit ihr zusammen waren. Freunde hatte sie zum Glück genug.

Ein einziges Mal forderte Gunnar sie zum Tanzen auf. Sie lachte und plapperte die ganze Zeit, redete in ihrem Schülerjargon und war angestrengt lebhaft. Oh, sie war in glänzender Feststimmung! Ihr ging es blendend.

Gunnar war stumm.

Bei Tisch saß sie ihm und Kirsten genau gegenüber. Kirsten war von allen jungen Mädchen am wenigsten hübsch. Aber sie hatte ein paar gute, fröhliche Augen, und sie war auf ihre eigene stille Art drollig. Gunnar hörte mit einem kleinen Lächeln zu, als Kirsten von den Schnitzern erzählte, die ihr in der Haushaltungsschule passiert waren. Sie hatte einmal in der Eile statt einer Tasse Zucker eine Tasse Salz genommen — ja, und einmal hatte sie den Bratofen auf voll geschaltet, anstatt ihn auszuschalten, und dann war der Braten natürlich ein schwarzverbrannter Klumpen geworden ...

Nina hörte zu. Nicht zu glauben, daß Kirsten dasaß und von ihren eigenen Schnitzern erzählen mochte — und daß sie selbst darüber lachen konnte! Und Gunnar lachte mit! Diese blöden kleinen Geschichten aus der Schule konnten doch unmöglich etwas für ihn sein mit all seiner Intelligenz!

Sie waren zum Glanzpunkt des Festmahls gekommen: einem wohlgelungenen Gänsebraten.

„Ob ich es wohl wage, Fräulein Kirsten?“ sagte Gunnar gutmütig neckend. „Wenn Sie ihn gebraten haben, dann haben Sie wahrscheinlich Scheuerpulver genommen anstelle von Salz ...“

„Nein, aber Roßkastanien anstelle von echten“, lachte Kirsten. „Das ist etwas schauderhaft Vornehmes: ‚Gans mit Kastanien‘ — oder ‚Oie farcie aux Marons‘, wenn Sie es auf französisch wissen wollen.“

„Bringst du Herrn Wigdahl Französisch bei?“ sagte Nina über den Tisch hinüber. „Das nenne ich wahrhaftig Eulen nach Rom tragen ...“

Da blickte Gunnar hoch und richtete den Blick auf Nina, auf dies aufgeregte, unnatürliche Gesicht, und er antwortete mit einem spöttischen kleinen Lächeln in den Mundwinkeln: „Es heißt Eulen nach Athen tragen, Fräulein Löge. Eulen nannte man die Münzen in Athen, weil darauf eine Eule geprägt war, das Sinnbild der klugen Göttin Athene. Man brauchte diese ‚Eulen' nicht erst nach Athen zu tragen, weil es dort schon genug gab. Aber was ich sagen wollte, jetzt handelt es sich nicht um eine Eule, sondern um eine Gans. Sie müssen mich ein bißchen aufklären, Fräulein Kirsten — was ist denn dieses Grüne da? Ach, jetzt sehe ich. Das ist ja Rosenkohl . . .!"

Gunnar langte zu, und die Unterhaltung mit Kirsten ging munter weiter, während Nina mit Schamröte auf den Wangen dasaß und Gunnar am liebsten erwürgen wollte, weil er sie so blamiert hatte . . .

Der Tag graute.

Nina lag in ihrem Bett, das Gesicht in einem warmen, feuchten Kopfkissen vergraben. Sie schämte sich, und sie war unglücklich, und sie war enttäuscht — und so verzweifelt, so hoffnungslos verliebt. Ach, warum hatte sie dies denn auch sagen müssen mit den Eulen nach Rom? Warum hatte sie sich denn überhaupt in die Unterhaltung zwischen Kirsten und Gunnar eingemischt? Warum war sie so unbeschreiblich aufgedreht gewesen? Warum hatte sie so mit Nils und mit den anderen geflirtet, daß es sicherlich aufgefallen war? Warum hatte sie so albern geplappert, als sie mit Gunnar tanzte?

Und warum war sie mit so viel Hoffnung auf dieses Fest gegangen, mit einer Hoffnung, daß Gunnar ihre Autofahrt neulich erwähnen würde . . .?

Die Autofahrt, ja, wie war die zustandegekommen? Auf ihr eigenes Betreiben! War sie nicht drei Tage hintereinander auf dem Strandweg spazierengegangen, bis sie endlich Espetun und Gunnar erwischte?

Hatte sie nicht selber die Sache mit dem Vielliebchen angefangen? Hatte sie nicht selber eine Autofahrt als Gewinn vorgeschlagen?

Und wäre diese Fahrt überhaupt zustandegekommen, wenn Onkel Espetun nicht für Gunnar geantwortet hätte?

Und war es nicht Herr Espetun, der ihr Gunnar auf dem Ball zum Tischherrn gegeben hatte — was der Anfang von allem gewesen war?

Nina war ehrlich gegen sich selbst in dieser verzweifelten, schlaflosen Nacht, und das Resultat ihrer tränenüberströmten Ehrlichkeit war mehr als demütigend. Jedes Beisammensein mit Gunnar war durch sie selbst und Herrn Espetun veranlaßt worden. Gunnar hatte nie mit einem Blick gezeigt, geschweige denn mit einem Wort verraten, daß er sich aus ihr oder ihrer Gesellschaft etwas machte.

So war es — so schrecklich war es!

Und im Grunde hatte sie es die ganze Zeit gewußt. Darum hatte sie angeläutet, als sie wußte, daß Gunnar nicht zu Haus war. Darum hatte sie es so eingerichtet, daß Frau Espetun die Einladung zum Fest der Haushaltungsschule überbringen sollte; denn wenn sie von der Tante kam, konnte er schlecht nein sagen ...

Ein Glück, daß er von dieser Einladung nichts wußte. So war ihr doch immerhin die Demütigung einer Absage erspart geblieben.

Ach, warum — warum konnte sie sich diesen Jungen nicht aus dem Kopf schlagen? Diesen kalten, unpersönlichen Jungen, der nie ein heiteres und freundliches Wort für sie hatte, nur Gleichgültigkeit und obendrein noch Spott?

Nina biß sich auf die Lippen, und die Tränen kullerten von neuem.

Nur ein einziges Mal hatte sie Weichheit in seinem Blick bemerkt, hatte sie Wärme in seiner Stimme gehört — als er mit einem blinden Kind sprach.

Ein blindes Kind — ja, in einem einzigen Augenblick hatte Gunnar ihr ein wenig Vertrauen gezeigt, ihr etwas erzählt, das ihn selbst betraf: „Ich habe eine kleine Schwester in der Blindenschule!"

Weshalb hatte er das erzählt? War es auf die kleine blinde Ellen zurückzuführen, daß sein Herz sich öffnete, so daß diese kleine Bemerkung herausschlüpfte, ehe er sich wieder verschloß?

Gunnar hätte es ihr nicht zu erzählen brauchen, hätte ihr gegenüber diesen schmerzlichen Punkt nicht zu berühren brauchen. Weshalb hatte er das getan?

Vielleicht — vielleicht — war es ein kleines Zeichen dafür, daß er trotzdem so etwas wie Vertrauen zu ihr hatte?

Bei diesem mageren kleinen Trost hörten Ninas Tränen auf zu fließen. Sie klammerte sich in diesem Augenblick an die Erinnerung an seine Stimme, klammerte sich an den Gedanken, daß er ihr etwas über sich selbst erzählt hatte, sogar etwas, was in seinem Leben sicher viel bedeutete.

Dann endlich schloß sie die Augen, und als die ersten Sonnenstrahlen durch den Vorhang fielen, war sie tief eingeschlummert.

Aus dem Feld geschlagen

„Du ißt ja nicht", sagte Frau Löge. Ihre Augen ruhten auf der Tochter, die blaß und still beim Mittagbrot saß und nur im Essen stocherte.

„Ich habe keinen Appetit, Mama. Mir tut der Magen weh, und mir ist so schlecht und . . ."

„Aber, liebes Kind, du bist doch nicht etwa krank?"

„Ach, ich weiß nicht. Aber ich kann nichts essen ..."

„Leg dich ein bißchen aufs Sofa. Ich mache dir eine Wärmflasche zurecht."

Die Mutter umhegte und pflegte die Tochter. Die Wärme tat gut. Etwas später fühlte Nina sich wieder frisch.

Aber am nächsten Tag kam die Übelkeit wieder, stärker, und sie vermochte nicht ans Essen auch nur zu denken.

„Ich glaube, du legst dich lieber ins Bett, mein Kind", sagte die Mutter. „Ich mache dir ein bißchen Kamillentee, und wir messen die Temperatur."

Es stellte sich heraus, daß Nina Fieber hatte. Als die Magenschmerzen wiederkamen, rief Frau Löge den Arzt.

Er sah sich Nina aufmerksam an, fragte sie aus, ob sie schon lange diese Übelkeit gehabt, ob sie sich müde und unaufgelegt gefühlt habe. Und das mußte Nina allerdings bejahen.

„Deine Augen kommen mir ein bißchen gelb vor", sagte der Arzt, der Nina im Laufe der Jahre von Keuchhusten, Masern und drei- bis viermal Grippe kuriert hatte. „Du hast dir doch nicht etwa eine Gelbsucht geholt?"

„Ach nein", sagte Nina unglücklich.

„Ach doch", sagte der Arzt mit dem guten, zuverlässigen „Onkel-Doktor-Lächeln". „Ich fürchte, es ist so. Bleib jetzt vorläufig einmal im Bett, ich werde deiner Mutter genau sagen, was du essen darfst — oder vielmehr, was du nicht essen darfst —, und dann werden wir weiter sehen."

„Muß ich lange im Bett bleiben?"

„Möglich, daß es ein paar Wochen dauert. Aber nun rege dich nur nicht auf, Nina. So wie ich deine Mutter kenne, wirst du wie eine Prinzessin gepflegt werden."

„Ja, deswegen ist es ja nicht, aber ... aber ..."

„Aber es ist langweilig, krank im Bett zu liegen, ausgerechnet wenn die Frühlingssonne so schön scheint und so weiter. Doch dabei ist nichts zu machen, Kleines. Vorläufig mußt du Ruhe haben. Ich schaue morgen wieder herein."

Der Arzt schaute herein, und sein Verdacht bestätigte sich: Nina hatte eine waschechte Gelbsucht.

„Sie werden Diät kochen müssen, Frau Löge. Es ist wohl besser, Sie schreiben gleich mal alle verbotenen Früchte auf ..."

„Früchte sind nun wohl nicht gerade verboten", sagte Frau Löge mit einem matten Versuch zu lächeln. „Wenn ich mich nicht irre, sind es Butter und Fette und dergleichen, was streng untersagt ist."

„Stimmt, und dann muß das Kind vor allem Ruhe haben. Sie wird von selber wieder gesund, wenn sie nur die Diät einhält und im Bett bleibt. Ich komme hin und wieder und gucke sie mir an." So war Nina denn Patientin.

Ihre Augen waren gelb, die Haut war gelb, und sie nahm von Tag zu Tag mehr ab. Nichts war mehr zu erkennen von der fröhlichen, munteren, rotwangigen Nina, die sie bis vor zwei Monaten gewesen war.

Die Übelkeit und die Leibschmerzen hörten allmählich auf. Aber Ninas Stimmung war tief unter dem Nullpunkt.

„Aber mein Kind", sagte Frau Löge und stellte das Tablett mit dem Diätfrühstück auf den Nachttisch. „Du darfst dir das nicht so zu Herzen nehmen. Es ist doch keine gefährliche Krankheit. Du brauchst nur Zeit, und die hast du ja Gott sei Dank. Und wenn du wieder ganz auf der Höhe bist, darfst du irgendwohin reisen, wo es schön ist, und dich erholen — an die See oder ins Gebirge ..."

Die Tränen schossen Nina in die Augen. „Ihr seid so gut zu mir, Mammi ..."

Frau Löge sprach wieder mit dem Arzt, und er schrieb Nina leichte Schlaftabletten auf. Der Vater kam nach Hause mit eingemachten Pfirsichen und Ananas, Nils Samuelsen schickte Blumen, und von den Freundinnen kamen kleine nette Briefe und Karten; alle wünschten gute Besserung. Vom Gymnasium traf Bescheid ein, daß Nina für den Herbst im humanistischen Zweig aufgenommen sei.

4 6656 — 11

Nina nahm jede Freundlichkeit mit einem matten Lächeln entgegen. Als es anfing, mit ihr vorwärtszugehen, versuchte sie zu lesen. Aber sie vermochte die Gedanken nicht zusammenzuhalten. Meist lag sie still da und starrte vor sich hin.

Wenn es an der Wohnungstür läutete, hob sie den Kopf und horchte. Oft war es etwas für sie — ein paar Blumen, ein Korb mit Obst, ein Brief. Nina öffnete ihn mit zitternden Fingern und weit aufgerissenen Augen. Und dann sank sie gleichsam wieder in sich zusammen, legte sich ins Bett zurück und starrte weiter mit trübseligem Blick vor sich hin.

Frau Löge hatte die hellsichtigen Augen und das warme Herz einer Mutter. Sie wußte, was mit dem Kind los war. Herrgott, konnte dieser schreckliche Mensch sich nicht auch einmal dazu bequemen, einen Gruß zu schicken? Frau Löge war überzeugt davon, das sei das einzige, das Nina wieder auf die Beine bringen konnte. Aber vielleicht wußte der „schreckliche Mensch" nicht einmal, daß Nina krank war.

Das mußte man ihm doch auf irgendeine Weise mitteilen können! Martin Löge redete doch so oft mit Espetun . . .

Am selben Abend erörterte Frau Löge das Problem mit ihrem Mann.

„Was sagst du da?" fragte der Vater. „Meinst du, sie denkt immer noch an diesen Bengel? Ja, das hat nun allerdings wenig Zweck; denn der ist vorgestern mit Espetun nach Holland gefahren."

„Was?"

„Ja, auf Geschäftsreise. Der Onkel kann plötzlich sein Auto nicht mehr selber fahren." Martin Löge lachte ein wenig. „Er tut sich so viel auf diesen hübschen Neffen zugute, weißt du. Es geht immerzu ‚mein Junge' hier und ‚mein Junge' da. Und ‚mein Junge' mußte unbedingt mit nach Holland sowohl als Chauffeur wie auch als Dolmetscher. Er soll in Sprachen sehr tüchtig sein."

„Aha", sagte Frau Löge.

„Aha'st du schon wieder, du kluge Frau?"

„Ich tue es nur, weil mir Ninas plötzliches Interesse für Sprachen einfiel", sagte seine Frau. „Ich ahnte doch, daß da irgendwo ein kleiner Wauwau begraben ist."

„Der Wauwau befindet sich vermutlich jetzt schon in Dänemark oder vielleicht in Norddeutschland, und bis er nach Hause kommt, ist Nina längst wieder gesund und munter."

„Das denkst du so", murmelte Frau Löge.

Denn sie wußte, es würde mit Nina nur langsam vorwärtsgehen, wenn die einzige Medizin, die wirklich etwas half, in einem Auto irgendwo auf der Landkarte herumfuhr, sehr weit von Lillevik und Norwegen entfernt.

„Aha", sagte auch Nina, als die Mutter ganz beiläufig erwähnte: „Und denke dir, Espetun ist mit seinem Neffen zusammen im Ausland."

Und nun nahm eine stille Ruhe von Nina Besitz. Sie horchte nicht mehr gespannt nach jedem Auto auf der Straße oder auf jedes Läuten an der Tür. Langsam, langsam begann sie sich zu erholen. Der Arzt lockerte die Diät ein wenig, und wenn Nina auch nicht gerade zunahm, so hörte sie doch jedenfalls auf, ständig abzunehmen.

Es dauerte mehrere Wochen, ehe es ihr gestattet wurde, Besuch zu empfangen, Wochen, in denen die weißen Anemonen den Maiglöckchen Platz machten, in denen der lichte, hellgrüne Schimmer über den Birken zu einem dichten, dunkelgrünen Laubgehänge wurde, in denen die Wintersachen eingepackt wurden und die drei Schneiderinnen in Lillevik von Haus zu Haus gingen und den Damen Sommerkleider nähten.

Ob in Holland wohl jetzt die Tulpen blühen? dachte Nina, die im Morgenrock und warm in eine Decke eingewickelt am Fenster saß. Ihre Freundinnen kamen und erzählten von Radfahrten und Sommerausflügen, die sie planten. Ende Mai erschien Nils, ein wenig bleich um den Schnabel, aber stolz und glücklich über sein bestandenes Abitur.

Nils erzählte und redete von allem zwischen Himmel und Erde und kam auch noch einmal auf den Ball bei Espetuns zurück.

„Möchte wirklich mal wissen, wie Espetun ohne den Goldjungen auskommt", sagte Nils.

„Go-go-Goldjungen? M-meinst du Gunnar?"

„Ja, wen denn sonst? Der ist nämlich ganz und gar von der Bildfläche verschwunden!"

Nina schluckte. „Ich dachte, der wäre in Holland, mit dem Onkel!"

„War er auch. Und dann kamen sie nach Haus, und 'ne Woche später war der Goldjunge weg, und Espetun fährt nun seinen Straßenkreuzer selber. Wahrscheinlich braucht der Junge einen Urlaub nach dem anstrengenden Fahrerberuf", lachte Nils.

Nina entgegnete nichts. Und Nils erzählte eine wüste Geschichte von einer Abiturientenfahrt nach Lynghei. Nina hörte nur mit halbem Ohr zu.

Gunnar war fort, fort aus der Stadt!

War er nach Hause gefahren, nach Trondheim?

Wahrscheinlich besuchte er seine Mutter und die kleine blinde Schwester.

Aber er mußte doch bald nach Lillevik zurückkommen — er hatte doch eine Stellung in der Fabrik. Und war doch bei den reichen Espetuns wie der Sohn im Haus gewesen.

Natürlich kam er zurück! Bald — bald . . .

Nina war wieder auf und durfte auch schon an die Luft gehen. Sie war dünn wie ein Strich, und der Arzt schüttelte den Kopf.

„Hast du das Essen verlernt, Nina?" sagte er. „Du siehst aus wie ein Gespenst. Jetzt darfst du essen, was du möchtest

Nutze das aus! Ein Gewicht, wie du es jetzt hast, wünsche ich das nächste Mal nicht wieder zu erleben." Besorgt starrte er auf Ninas Karteikarte. „Achtundvierzig Komma sieben Kilo" hatte er eben notiert.

„Du mußt mindestens auf fünfundfünfzig kommen, und zwar so schnell wie möglich", sagte er energisch. „Dann bist du immer noch gertenschlank bei deiner Größe. Also mach, daß du nach Hause kommst, und iß gefälligst!"

Nina lächelte matt.

Die Eltern waren besorgt. Es war ganz schrecklich, wie sehr diese Krankheit an Nina gezehrt hatte. Sie war müde, hatte zu nichts Lust und konnte sich nicht dazu aufraffen, irgend etwas zu beginnen. Und das schlimmste von allem war, daß sie ein chronisches Mitleid mit sich selber empfand.

„Sorgen Sie dafür, daß das Kind wegkommt", sagte der Arzt vertraulich zu Herrn Löge. „Weg, in neue Umgebung! Irgend wohin, wo sie mit fröhlichen jungen Menschen zusammen ist."

„Sie will nicht", seufzte Löge.

„Was heißt hier wollen? Nach ihrem Willen wird sie nicht gefragt, sie muß."

Aber bei Nina zu Haus war von jeher nach ihrem Willen gefragt worden, und nun wollte sie also in Lillevik bleiben.

„Mach doch einen Spaziergang in dem herrlichen Sonnenschein", sagte die Mutter. „Dann bekommst du sicher Appetit, du sollst mal sehen."

„Ich habe keine Lust", sagte Nina.

„Ach nein" — „Ich habe keine Lust" — „Ich bin nicht in Stimmung" — das waren die einzigen Antworten, die Nina auf jeden Vorschlag gab.

Allmählich brachte sie die Eltern zur Verzweiflung. Martin Löge begann ärgerlich zu werden.

„Wir haben uns das selbst eingebrockt", brummte er, „weil wir sie nach Noten verwöhnt haben. Haue sollte sie haben, die kleine launische Person!"

„Ja, das würde sicher glänzend helfen", lächelte Frau Löge matt. „Nein, Martin, gewiß ist Ninas trübselige Stimmung schrecklich genug, aber für sie im Grunde am schlimmsten."

Das stimmte. Nina erwachte jeden Morgen mit schwerem Herzen und in schlechter Laune. Sie war bis an den Rand mit Weltschmerz und Mitleid mit sich selber angefüllt.

„Nina, würdest du bitte für mich auf die Post gehen und Marken holen?" bat die Mutter eines Tages.

„Ja, das kann ich gern tun."

Nina ging durch die stillen, sonnbeschienenen Straßen. In Lillevik begann es, Sommer zu werden, und über der sauberen kleinen Stadt lag ein Duft von Meer und Tang und Fisch. Dann stand Nina vor einem der drei Schalter auf dem Postamt von Lillevik.

„Ich möchte gern ... Aber, liebe Zeit! Wie kommst du denn hierher?"

Hinter dem Schalter lächelte Kirsten Roeds Gesicht ihr entgegen. „Sommervertretung. Wie nett, dich wiederzusehen, Nina. Du bist ja lange krank gewesen. Jetzt geht es doch hoffentlich besser?"

„Ach ja, aber es dauert eben seine Zeit, bis man wieder auf dem Posten ist, weißt du ..."

„Ja, das ist klar. Und was möchtest du, Nina? Ich bin bei der Post, wie du siehst — das heißt, das einzige, was mir anvertraut ist, sind die Briefmarken und Umadressierungen. Wenn du in Ferien gehst, dann mußt du deine neue Adresse bei mir hinterlegen, verstehst du?"

„Zunächst möchte ich aber nur ein Heftchen Briefmarken haben."

„Hier bitte. Ach, übrigens: Wie findest du das mit Gunnar Wigdahl? Hat der nicht ein unerhörtes Glück?"

Die alte Unruhe erfaßte Nina von neuem.

„Wieso denn Glück? Ist er etwa nach Afrika gefahren oder ...?"

„Ach wo! Die Reise ist sicher so anstrengend, daß er erst mal Kräfte sammeln muß. Und das tut er im Augenblick im Hochgebirgshotel ‚Blaufall'. Unter dem macht er's nicht."

„Blaufall! Ist das nicht das neue ...?"

„Ja, ja, aus dem vorigen Jahr. Ein riesiges Luxushotel, ganz toll sage ich dir. Nein, ich bin noch nicht dagewesen. Hast du eine Ahnung! — Man muß mindestens einen Millionär zum Vater haben oder einen Gummistiefelfabrikanten zum Onkel, wenn man dorthin fährt. Niedrigster Preis sechzig Kronen am Tag. Nein, aber ich habe darüber gelesen, als das Hotel im vorigen Jahr eröffnet wurde. Ja, ja, hier ist ein Brief von Gunnar Wigdahl angekommen. An mich nicht, sondern ans Postamt. Aber er ist mir ausgehändigt worden, und ich muß ihm alle Post nach ‚Blaufall' nachschicken. Ja, wenn der es nicht gut hat, dann weiß ich wirklich nicht. Entschuldige, Nina, aber jetzt muß ich leider ..."

Ein neuer Kunde stand vor dem Schalter, und Nina nickte Kirsten zum Abschied zu.

Das Hochgebirgshotel „Blaufall"! Natürlich hatte sie darüber gelesen. Wie war es eigentlich — Tennisplätze, Bar, Schwimmhalle, Minigolf, Autostraße bis ganz nach oben, geheizte Garagen, Sauna, Telefon in allen Zimmern. Ja, danke bestens! Das wäre sicher das richtige für eine kleine Prokuristentochter aus Lillevik!

Auf dem Wege nach Haus kam sie an Lilleviks einzigem Reisebüro vorbei. Im Fenster hingen ein Plakat vom Hotel „Blaufall" und eine Karte, auf der die Autostraße rot eingezeichnet war.

Ausgangspunkt Oslo — nur wenige Autostunden — das kleine Seitental hinauf über Sirili ...

Mit einemmal schnappte Nina nach Luft.

Sirili! Da wohnte ja ihre Freundin Grete! Die muntere kleine Grete, deren Vater vor drei Jahren starb und die damals aus Lillevik wegzog. Grete hatte ihr einige Male geschrieben und ihr erzählt, daß sie und ihre Mutter zusammen eine Ferienpension in Sirili hätten. Sie besaßen dort ein altes Sommerhaus. Das hatten sie ausbauen und verändern lassen und versuchten nun davon zu leben.

Grete! Eine Ferienpension! Und ihre Eltern wollten, daß sie wegreisen sollte! Sirili lag doch bestimmt nicht mehr als fünf bis sechs Kilometer von ‚Blaufall' entfernt, nicht weiter, als einen hübschen Vormittagsspaziergang . . .

Ein neues Licht leuchtete in Ninas Augen, als sie mit den Briefmarken nach Hause kam.

„Selbstverständlich", sagte die Mutter.

„Das ist wirklich eine gute Idee", sagte der Vater.

„Liebes Kind, schreibe sofort", sagte die Mutter. „Wenn Grete nur nicht voll besetzt hat. Du weißt, die Saison hat angefangen."

„Ach, Grete findet wohl schon noch ein kleines Mauseloch, wo ich schlafen kann", meinte Nina.

Ihre Stimme klang beinahe munter, und die Eltern wechselten glückliche Blicke, als Nina in ihr Zimmer gegangen war, um an Grete zu schreiben.

Die Antwort kam postwendend:

„Liebe Nina!

Furchtbar nett, Du bist herzlich willkommen. Allerdings haben wir das Haus übervoll. Wir können zwölf Gäste aufnehmen, und wir haben vierzehn. Aber Du kannst mit in meinem Zimmer schlafen; das geht bestimmt, und so wird es auch billiger für Dich. Du Ärmste, krank bist Du gewesen! Hier oben bei uns in der wunderbaren Ozonluft erholst Du Dich ganz bestimmt. Verzeih, daß ich keinen langen Brief schreibe. Wir haben entsetzlich viel zu tun und leider viel zuwenig Hilfe. Aber wir sind gesund und kräftig, und dann geht alles. Muttchen läßt Dich vielmals grüßen und heißt Dich willkommen. Dasselbe tut *Deine alte Freundin Grete*"

Nina packte ihre Koffer. Die Eltern brachten sie an den Zug, und Nina hatte beinahe ihr altes, gutes Lächeln wieder, als sie ihnen vom Abteilfenster aus zum Abschied zuwinkte.

Und dann fuhr Nina in die Ferien und zur Erholung nach Sirili.

Fünf Kilometer vom Berghotel „Blaufall".

Nur fünf Kilometer von Gunnar entfernt!

Wie gut haben es andere!

Nina kam aus dem Bahnhofsgebäude in Bekkum. „Hier hält der Autobus nach Sirili", hatte ihr der Stationsbeamte erklärt. „Und er kann jeden Augenblick kommen."

Aber ehe Nina Gelegenheit hatte, sich das Schild an der Haltestelle anzusehen, lief ein junges, schlankes Mädchen auf sie zu, und eine braungebrannte, kräftige kleine Hand ergriff ihren Koffer.

„Guten Tag, Nina! Wie nett, dich wiederzusehen! Aber du bist ja furchtbar dünn geworden, Mädchen! Ist so etwas möglich! Dann ist es ja nur gut, daß wir morgens Rahmbrei essen. Es ist genau das, was du nötig hast. Komm mit! Ich habe meine Karre drüben auf der Straße stehen. Hier ist nämlich das Parken verboten. O nein, nicht der schicke Opel. Es ist dahinter das grüne Lieferauto. Ich sollte nämlich in der Stadt Besorgungen machen, und da dachte ich, bei der Gelegenheit könnte ich dich gleich abholen . . . Nein, Zottel! Ruhig doch! Reiß mir nicht die Kleider vom Leib!"

Diese Ermahnungen galten einem kleinen zotteligen Hund, der aus dem Führerstand herausstürzte, als Grete den Schlag öffnete.

„Nun sag bloß! Fährst du selbst Auto, Grete?"

„Na klar! Habe an meinem achtzehnten Geburtstag den Führerschein gemacht. Mutter weigerte sich zu fahren, nachdem sie im letzten Frühling einen Telefonpfahl etwas zu liebevoll begrüßt hatte. Sie ist mit dem Schrecken davongekommen. — Schon gut, Zottel, ruhig jetzt! Nina, kannst du Zottel übernehmen und ihn auf deinen Schoß setzen? Oder muß ich ihn hinten zwischen die Lebensmittel schmeißen?"

„Es ist wohl am sichersten, ich nehme ihn auf den Schoß", erklärte Nina. „Du bist ein lieber Zottel! Was bist du denn für eine Rasse?"

„Ach, diese Frage mußte ja kommen!" seufzte Grete. „Zottel ist eine Kreuzung zwischen Mops und Türvorleger, das siehst du doch. Aber er ist der wonnigste und ohne Zweifel unerzogenste Hund der Welt!"

„Er hat hübsche Augen", sagte Nina. Sie setzte sich neben Grete auf den Sitz, und Zottel rollte sich mit fröhlicher Selbstverständlichkeit auf ihrem Schoß zusammen.

„Hübsche Augen, ja. Zottel ist überhaupt wunderhübsch. Hast du nichts im Zug vergessen, Regenmantel oder die Obsttüte oder das Strickzeug oder . . .?"

„Nein, nein, du kannst ruhig losfahren."

„Das sagst du so. Wie, denkst du, soll ich aus diesem Mauseloch herauskommen mit vier Tonnen Opel vor mir und dem Großpapa von einem Lkw hinter mir? Na, wir werden ja sehen. Jetzt geht's auf Gedeih und Verderb!"

Grete schaltete den Rückwärtsgang ein, streckte den Kopf hinaus und guckte nach hinten, legte das Lenkrad ganz nach links herum und kam auf diese Weise mit knapper Not aus dem „Mauseloch" heraus. Und dann fuhren sie durch Bekkums kleine, stille, schmale Straßen, bis sie auf die breite Asphaltchaussee gelangten.

„Ich muß schon sagen: Fahren kannst du!" sagte Nina bewundernd.

„Nicht wahr? Es liegt mir, weißt du. Das ist das, was man praktische Begabung nennt. Zottel, Pfote weg vom Steuer! Sieh mal da rechts, Nina, da hast du den Bekkumer See. Ist er nicht hübsch? Und dahinter die Bärenkuppe und der Lange Rücken!"

„Und was für eine phantastische Landstraße ihr habt! Das ist ja die reinste Autobahn!"

„Ja, die ist funkelnagelneu. Erst ein Jahr alt. Die verdanken wir dem Hochgebirgshotel ‚Blaufall'. Du weißt ja, die Straßenkreuzer brauchen sehr viel Platz, und hier nach ‚Blaufall' kommen ja nur Dollarungetüme."

„Ja, natürlich! ‚Blaufall' ist offenbar nicht weit von euch?"

„Nicht ganz fünf Kilometer. Aber diese Kilometer, die haben es in sich, die gehen fast senkrecht nach oben. Wir sitzen am Hang, weißt du, allerdings hoch oben am Hang. Und ‚Blaufall' liegt tatsächlich schon im Gebirge. Der Weg macht also einige ganz schöne Kurven bis nach oben. Ich kann dir sagen, das sind ziemlich tolle Serpentinen."

„Also nichts für einen Spaziergang", sagte Nina und versuchte, ihre Stimme so alltäglich wie möglich klingen zu lassen.

„Nein, es sei denn, du bist darauf aus, deine Schuhsohlen so schnell wie möglich durchzulaufen. Es führt ein Fußweg durch den Wald und aus dem Wald hinaus und über ein Moor. Der ist wirklich schön. Da lohnt es sich zu gehen. Und er führt nach ‚Blaufall' hinauf. Wenn du also unter allen Umständen das Bergschloß besichtigen willst ..."

„Ach ja! Es muß ja ganz ulkig sein, es sich einmal von weitem anzusehen, weißt du. Ich habe so viel davon gehört ..."

„Nicht den tausendsten Teil von dem, was wir gehört haben, das kann ich dir flüstern. Und *gesehen!* Ich habe nicht gedacht, daß es in dem kleinen Norwegen so viele reiche Leute gibt! Du solltest bloß einmal die Autos sehen, die zum Wochenende hier raufgondeln, und du solltest die müden und übernächtigten Gesichter hinter dem Steuer sehen, wenn sie zurückkommen, und du solltest wissen, wie die Geldscheine in der Bar nur so flattern — und wie diese Schafsköpfe den ganzen Tag über daliegen und ihren Rausch ausschlafen, um die ganze Nacht wieder durchzuzechen. Nein, da lobe ich mir doch eine hübsche und alltägliche Pension, wo die Leute hinkommen, weil sie die Natur lieben und das Fjell. Wir haben immer nette und schlichte Menschen. Gott sei Lob und Dank!"

Nina tat das Herz so weh, so weh! Einen solchen Ort hatte sich Gunnar also für seinen Urlaub ausgesucht! Gewiß, es war ja auch keine große Sache für ihn. Wenn einer so viel Geld hatte wie er — und vielleicht tranken und bummelten ja nicht alle — Gunnar verbrachte doch bestimmt auf keinen Fall die Tage im Bett und die Nacht an der Bar . . .

„Wieso weißt du über ‚Blaufall' so gut Bescheid, Grete?"

„Ach, ab und zu haben wir Gäste, die durch ein reines Mißverständnis in ‚Blaufall' gelandet sind. Sie glaubten, daß sie in ein sportliches Hochgebirgshotel kämen. Und statt dessen landeten sie also nichtsahnend in diesem mondänen Müßiggängermilieu. Die flüchten dann und kommen zu uns und erzählen kopfschüttelnd von Champagnerströmen und Kaviargebirgen — und von den Rechnungen. Und dann essen sie unsere selbstgemachten Bratklopse und Mamis guten bürgerlichen Grießpudding und scheinen sich dabei wohl zu fühlen."

„Ja, erzähle doch mal von euch, Grete. Deine Mutter besorgt also das Kochen?"

„Ja, und führt die Bücher und stellt den Haushaltsplan auf und schreibt die Listen für die Besorgungen und unterhält sich mit den Gästen, wenn es nötig ist, und schreibt Rechnungen und nimmt Beschwerden entgegen . . ."

„Aha, Beschwerden kommen also auch?"

„Na klar! Das ist nicht zu vermeiden, wenn man eine Ferienpension betreibt. Da gibt es immer mal eine alte Dame, die in ihrem Zimmer friert, oder jemanden, der keinen Kohl verträgt, und jemanden, der seine Grütze nicht mag und samstags eine Extraverpflegung haben muß. An dergleichen gewöhnt man sich. Ja, und dann haben wir in der Küche eine Hilfe, die kocht, wenn Mama ausnahmsweise einmal in der Stadt ist oder etwas anderes zu tun hat. Und dann haben wir ein Mädchen, das eigentlich zum Tischdecken und Servieren angenommen ist. Aber nachdem sie ein paarmal die Buttermesser auf die Sardinendosen gelegt und einen Eßlöffel auf die Fischschüssel und zu gekochtem Fisch Messer gedeckt hat und dergleichen, habe ich das Tischdecken übernommen. Und die ‚begabte Bellina' macht die Betten und schält Kartoffeln."

„Was sagst du da, ‚begabte Bellina'?"

„Das Mädchen heißt Bella, ja, ich kann nichts dafür. Ich habe sie nicht so getauft. Ich weiß wirklich nicht, ob's Mama gewesen ist oder wer angefangen hat, sie ‚begabte Bellina' zu nennen. Das ist wohl von selber gekommen ... Jetzt mußt du dich umsehen, Nina. Ist es hier nicht wunderbar? Da drüben im Wald gibt es Rehe und Elche. Wenn du Glück hast, siehst du welche. Und der Fluß hier ist der Blaubach. Das ist derselbe, der ein Stück weiter oben den Blaufall bildet. Und Forellen gibt es hier auch. Wir haben unter den Gästen einen Forellenfischer. Er verschafft uns mindestens zweimal in der Woche ein Mittagessen."

Grete plauderte vergnügt, während sie mit sicherer Hand das Auto den Hang hinauffuhr, dort, wo die Autostraße sich wie ein breites, festes, gewundenes Band hinaufschlängelte.

„Schau geradeaus und nach oben", sagte Grete. „Siehst du das weiße Haus dort? Das ist sie also, die Ferienpension Sirili, Inhaber Frau Annemarie Jerndal und ihre bezaubernde Tochter Grete. Kitzle mich nicht im Nacken, Zottel! Du bist ein gräßliches Vieh, und eines Tages kommst du mit in den Eintopf, daß du es weißt." —

Nina stand am offenen Fenster und starrte in den Sommerabend hinaus. Sie hatte ihre Sachen ausgepackt und die Sommerkleider und das Sportkostüm sauber in der einen Hälfte des Kleiderschrankes aufgehängt, die ihr von Grete leergemacht worden war. Sie hatte mit den anderen Gästen Mittag gegessen, aber keinen Anlauf genommen, sich mit ihnen bekannt zu machen. Den Kaffee, der gleich nach dem Essen im Wohnzimmer angerichtet wurde, hatte sie sich geschenkt und war in ihr Zimmer hinaufgegangen. Es war ein Mansardenzimmer, klein und bescheiden, aber sauber und gemütlich. Ihr Bett stand unter dem Schrägdach auf der einen Seite, auf der anderen hatte Grete für sich selbst ein Feldbett aufgestellt. Der selbstgezimmerte kleine Toilettentisch mit dem blaugeblümten Plastikvorhang war für Nina frei gemacht worden. Grete selbst hatte sich provisorisch auf einer kleinen Kinderkommode am Fußende des Feldbettes eingerichtet. Und in der großen Kommode hatte jede zwei Schubläden.

Auf dem Hocker neben Ninas Bett standen Feldblumen und ein Teller mit einem Apfel und einem Obstmesser.

Wie sah das Grete ähnlich! Nina erinnerte sich an rührende kleine Vorkommnisse aus der Schulzeit, als sie noch in dieselbe Klasse gingen. Nina hatte eines Tages ihr Frühstückspaket vergessen, und Grete überließ ihr die Hälfte ihres eigenen. Nina hatte ihr Lesebuch vergessen, und Grete wußte Rat: „Nimm du meins; ich habe in diesem Monat noch keinen Ordnungsstrich. Also kann ich es mir leisten. Aber du hast schon zwei, und wenn du noch einen kriegst, dann gibt es einen Tadel, das weißt du."

Nina kam zu spät in die Aula zur Andacht, und Grete sorgte dafür, daß sie dicht an der Tür stand und diese geräuschlos aufmachte. So konnte Nina hineinschlüpfen, ohne entdeckt zu werden.

Immer war Grete hilfsbereit, und immer war sie fröhlich und voller Ulk.

Und so war sie auch heute noch. Die harte, mühselige Arbeit tagein und tagaus hatte ihre gute Laune nicht trüben können.

Diese Gedanken streiften Nina, während sie an dem offenen Fenster stand. Aber dann kamen andere Gedanken, über denen sie Grete vergaß.

Das Fenster ging nach Nordosten. Sie konnte die Landstraße überblicken, die ein Stück oberhalb des Hauses im Wald verschwand. Aber dann wurde der Wald lichter, die verkrüppelten Birken kletterten nach oben, mußten es jedoch bald aufgeben. Sie legten sich an die Berghänge und krochen als Zwergbirken weiter. Und dort tauchte die Landstraße wieder als ein graues Band auf, und ganz dort oben, weit, weit drüben, dort leuchtete ein weißer Punkt.

Lag dort das Hochgebirgshotel „Blaufall"?

Was die wohl jetzt da oben taten, alle diese wohlhabenden, munteren Gäste, die sich einrichten konnten, wie sie wollten? Jetzt hatten sie ihr spätes Mittagessen hinter sich, ein feines Mittagessen mit Suppe und Fisch und Braten und Nachtisch, sie hatten in den Salons Kaffee getrunken und in der Halle oder in der Bibliothek und wo es sonst noch sein mochte, und jetzt klirrten die Gläser in der Bar. Jetzt spielte das Tanzorchester in einem großen Saal, und jetzt ... und jetzt ... Nina mußte plötzlich ihr Taschentuch hervorholen und die Tränen trocknen.

Sie tat sich mit einemmal selber ganz furchtbar leid. Andere tanzten in Abendkleidern, die ein Vermögen gekostet hatten, auf dem glänzenden Parkett. Sie selbst aber stand in einem schlichten, sehr schlichten Mansardenzimmer. Als sie „Mansardenzimmer" dachte, kam das Taschentuch von neuem heraus ... Andere aßen vier auserlesene Gerichte in einem unwahrscheinlich eleganten Speisesaal, während sie selber in Frau Jerndals Eßzimmer mit eichenen Paneelen und fünf kleinen Tischen und einer Durchreiche in der Wand von der Küche her Würstchen und Kartoffelsalat und Rhabarbergrütze gegessen hatte. Andere fuhren in eleganten Privatautos, und sie selber wurde in einem grünen Lieferwagen abgeholt, der vollgestopft war mit Pappschachteln und Paketen und Kisten. Andere tranken Sekt, der vom Kellner im Frack serviert wurde, sie aber bekam eine Flasche Brause auf einem Tablett gereicht, und die „begabte Bellina" hatte obendrein noch etwas verschüttet, so daß Flasche und Glas Ringe auf dem Tisch bildeten.

Hinter ihr ging die Tür. Es war Grete. „Bist du hier, Nina? Kommst du nicht mit hinunter?"

„Nein, ich bin so müde. Ich möchte schlafen gehen ..."

„Ja, du Ärmste, es ist wahr, du bist ja noch erholungsbedürftig, das hab ich ganz und gar vergessen. Ach, ich will nur eben die Schürze wechseln; ich bin in der Tür mit der ‚begabten Bellina' zusammengestoßen und habe eine halbe Tasse Kaffee abbekommen; ach, Gott sei Dank, da ist noch eine reine ... Die sind da unten ganz aus dem Häuschen; alle wollen Brause haben oder Zigaretten oder Selters; und die ‚begabte Bellina' verliert reinweg den Kopf; sie hatte gestern frei und war im Kino, und jetzt geht ihr offenbar George Hamilton nicht aus dem Sinn. Ich muß laufen, Nina, ich werd leise sein wie ein Mäuschen, wenn ich irgendwann heute nacht raufkomme. Schlaf süß — ach, liebe Zeit, jetzt klingelt es schon wieder; sicher hat Bellina Frau Pedersens Wärmeflasche vergessen; So long ..."

Grete war weg wie der Wind. Ihre schnellen Schritte verloren sich auf der Treppe, und Nina war wieder allein.

Einen Augenblick dachte sie, sie sollte vielleicht doch hinuntergehen; aber dann gab sie es auf. Nein! Hinuntergehen zu dem übertrieben gesunden, energischen, verwitterten Gesicht von Fräulein Dyring — oder zu dem blassen Studenten, der mit dem dicken, asthmatischen Agenten Larsen Schach spielte — oder sehen, welche Mühe die überanstrengte Frau

Ludwig mit den drei ungezogenen Kindern hatte — oder das Geprahle von dem Forellenfischer mit anhören, dessen Namen Nina vergessen hatte — nein, das vermochte sie nicht.

Dann zog sich Nina aus und ging ins Bett. Weit oben im Gebirge leuchtete ein weißer Punkt am Ende einer breiten Autostraße. Weit oben im Gebirge gab es Tanzmusik und Stimmung und Jugend und Munterkeit ...

Und sie selbst lag um neun Uhr abends in ihrem Bett, müde und unglücklich und blaß und mager und häßlich — und niemand machte sich was aus ihr, und niemand hatte sie gern ...

Nun, wenn ein junges Mädchen findet, daß niemand sie gern hat, dann heißt das soviel wie, daß viele sie gern haben — nur ein einziger, bestimmter Mensch nicht. Aber das wußte Nina nicht.

Morgen wollte sie spazierengehen. Niemand würde es sonderbar finden, daß sie als Genesende am liebsten allein ging, und niemand würde es auffallend finden, daß sie zufällig den Pfad durch den Wald und über das Moor und zum Fjell hinauf in Richtung „Blaufall" einschlug.

Nina schlief, als Grete auf Zehenspitzen ins Zimmer hineinschlich. Sie hörte weder, daß Grete ins Bett ging noch daß die Uhr unten auf dem Flur zwölf schlug.

„Guten Morgen, Nina. Ich hoffe, ich habe dich nicht geweckt, als ich heute morgen aufgestanden bin. Ich habe versucht, ganz leise zu sein."

Nina kam gerade die Treppe herunter und begegnete Grete, die mit den Armen voller Laken und Kopfkissen durch den Flur kam. „Nein, ich habe nichts gehört."

„Fein. Du, Nina, du bist doch im Englischen so gut gewesen in der Schule. Weißt du, ich habe dich mit einem englischen Ehepaar zusammengesetzt, das gestern abend spät angekommen ist. Der erste Tisch rechts im Eßzimmer. Und wenn du spazierengehen willst, dann nimm dir Butterbrotpapier von der Anrichte. Du kannst dir soviel Brote streichen, wie du willst. Besitzt du eine Thermosflasche? Dann kannst du von uns Tee oder Kaffee bekommen. Wenn sonst etwas ist, dann frage Fräulein Dyring. Sie sitzt als vierte mit an deinem Tisch, und sie weiß mit allem im Haus gut Bescheid. Ich muß rennen. Zwei Gäste fahren mit dem Zehn-Uhr-Bus ab, und wir bekommen gleichzeitig neue. Ich muß wahnsinnig fix die Betten neu beziehen."

Grete war weg, eilig und munter und voller Arbeitsfreude.

Nina blieb einen Augenblick stehen und sah ihr nach. Sie war so wie immer, die gute alte Grete, so wie Nina sie aus der Schule kannte, während sie selber ...

Sie graulte sich vor all den fremden Menschen im Eßzimmer. Aber es half nichts, man mußte es überwinden, je eher, desto besser.

Mit einem leisen „Guten Morgen!" setzte sich Nina auf ihren Platz. Sie nannte den beiden neuen Gästen ihren Namen. Man reichte sich die Hand und lächelte und wechselte ein paar gleichgültige Worte über das wunderbare Wetter und „your wonderful country".

Aber Fräulein Dyring bestritt energisch die Unterhaltung, sie kannte sich in den Gepflogenheiten einer Pension aus. Ja, sicher sei es schön hier in Sirili. Und sie sei jetzt schon zum drittenmal hier. Ja, in diesem Jahr habe sie zeitig Ferien genommen. Sie wollte Sirilis schöne Natur gern im Frühsommer kennenlernen.

O gewiß, sie mache jeden Tag einen Spaziergang, lange, schöne Wege. Gestern sei sie auf der Bärenkuppe gewesen. Da liegen noch immer Schneefladen. Ja, Fräulein Löge habe doch wohl Bergstiefel mit! Die brauche man hier. Und während Fräulein Dyring schwatzte, strich sie sich ein ganz hübsches Paket Butterbrote. Sie war mehrmals an das große kalte Büfett gegangen, das mitten im Raum gedeckt stand, und hatte sich allerlei Aufschnitt geholt. „Ja, ja, Frau Jerndal ist tüchtig. Bei dem mäßigen Pensionspreis solch eine Auswahl! Wenn ich an die Pension denke, in der ich vor drei Jahren war — teuer und ungemütlich! Hier fühlt man sich doch wie zu Hause. Wir sind wie eine große Familie..." Fräulein Dyring lächelte sicher und zufrieden und legte sich Schinken auf die fünfte Schnitte. Dann rief sie die „begabte Bellina" und erbat sich Kaffee für die Thermosflasche.

Nina saß daneben und machte sich ebenfalls Butterbrote zurecht, antwortete auf ein paar kleine Bemerkungen, die die Engländer an sie richteten, und brach dann auf. Vor dem Haus lief ihr Zottel in den Weg, der sie stürmisch begrüßte und sich anschickte, mit ihr zu laufen.

Ja, ja, weshalb nicht? Im Augenblick war ihr die Begleitung eines Hundes lieber als die eines Menschen.

Und dann schlug Nina den geraden Weg zum Wald ein, dort, wo der Fußpfad nach Blaufall zwischen Birken und Nadelbäumen hindurchlief.

„Nina hat sich aber furchtbar verändert", sagte Frau Jerndal. Sie und Grete standen in der Küche und räumten nach dem Frühstück auf.

„Ja, weißt du, sie ist krank gewesen", sagte Grete. „Warte nur, sie wird sich schon erholen."

„Ich finde, sie sieht aus, als schleppe sie irgendeine Last mit sich herum", sagte Frau Jerndal nachdenklich. „Nun, ich habe sie ja auch nur bei der Begrüßung kurz gesehen. Oh, jetzt haben die schrecklichen Kinder von Frau Ludwig wieder mit den Marmeladelöffeln in der Butter herumgestochert. Man sollte glauben, daß wir keine Buttermesser im Hause hätten."

„Sie haben sie auch im Mund gehabt", sagte Grete trocken.

Frau Jerndal mußte lachen.

„Ja, Grete, mit solchen Nöten hatten wir nicht gerechnet, als wir mit diesem Unternehmen anfingen. Aber ehe ich es vergesse: Ich glaube, du mußt die Sahne selber holen. Wir können nicht bis zum Vier-Uhr-Bus warten."

„Glaubst du, daß unsere Engländer Rahmbrei essen?"

„Bestimmt nicht! Wir müssen eine Dose Würstchen bereithalten. Wann kannst du denn fahren, Grete?"

„In einer halben Stunde. Ich will nur bei Nina und mir aufräumen."

„Ja, damit ist es nun aus, bis zum Nachmittag kann dein Zimmer nicht mehr ungemacht bleiben", lächelte Frau Jerndal. Sie wußte nur zu gut, in den lebhaftesten Tagen konnte es geschehen, daß Gretes Bett überhaupt nicht gemacht wurde und am Abend, wenn Grete todmüde wieder hineinsank, genauso aussah, wie sie es am Morgen verlassen hatte.

Grete blieb an der Tür und sah sich im Zimmer um.

Nina war Gast, zahlender Gast und hatte natürlich einen Anspruch darauf, daß ihr Zimmer gemacht wurde. Aber trotzdem — trotzdem. Grete wußte genau: Wäre sie an Ninas Stelle gewesen, dann hätte sie ihr Bett selbst gemacht, und sie hätte den Apfelstrunk und die Wattebäusche mit dem Puder weggeworfen, und sie hätte das Zahnputzglas abgespült, an dem noch weiße Spritzer von der Zahnpasta hafteten.

Aber natürlich. Nina war in ihrem guten Recht.

Und Grete machte das Bett und wischte Staub, räumte auf und säuberte mit schnellen, geübten Händen den Waschtisch.

Nina stapfte über die Hügel. Solange sie im Wald war, war es nicht so schlimm. Aber jetzt fing es an, ziemlich steil zu werden. Und als sie dann aufs Heidemoor hinauskam, stand die Sonne hoch am Himmel. Es begann die eigentliche Steigung den Berghang hinauf zwischen Zwergbirken und Heidekraut und Weidengestrüpp.

Ab und zu blieb sie stehen und lauschte. Hier und da knisterte es ganz leise in der Heide. Vielleicht waren es nur Insekten; vielleicht war es eine Feldmaus oder eine Eidechse. Über sich hörte sie Vögel pfeifen und zwitschern. Vor ihr wühlte Zottel mit der Schnauze im Heidekraut. Sonst war kein Laut zu hören, kein Schritt, kein Zeichen dafür, daß Menschen unterwegs waren.

Wenn nun — wenn er nun plötzlich dort auf dem Fußsteig vor ihr auftauchen würde? Wenn sie ihm hier plötzlich gegenüberstünde?

Nina sah nach der Uhr. Du liebe Zeit — sie war seit zwei Stunden unterwegs. Zwei Stunden hatte sie für die wenigen Kilometer gebraucht, und trotzdem war sie noch nicht da! Noch immer lag ein ziemlich steiles Stück vor ihr.

Wie müde sie war!

Sie setzte sich auf einen Stein, nahm die Schultertasche ab und versuchte, sich zu entspannen. Ob sie etwas essen sollte? Nein, sie hatte gar keine Lust zum Essen.

Aber die hatte ein anderer. Zottel steckte die Schnauze in die Tasche, schnaufte und kratzte. Nina lächelte ein wenig, holte das Paket heraus und fütterte Zottel mit den guten Butterbroten. Sie selbst nahm sich einen Schluck Kaffee und ließ es dabei bewenden.

Vielleicht kam der Appetit, wenn sie ganz oben war, ganz oben in Blaufall. Sie hoffte, daß es dort vielleicht eine Terrasse gäbe, wo vorübergehende Gäste eine Tasse Tee oder Kaffee bekommen könnten. Hinein wagte sie sich nicht.

Aber eine Tasse und ein paar Butterbrote auf der Terrasse — o doch, das würde sie wohl wagen können.

Dann stand sie ganz plötzlich auf, hängte sich die Tasche wieder über, rief Zottel zu sich heran und weiter ging es den Berg hinauf ...

Vor Nina lag das Hochgebirgshotel „Blaufall“, groß, schneeweiß und vornehm. Auf der einen Seite war der Tennisplatz, auf der anderen kam der Autoweg breit und eben von der Landstraße herauf. Und vor dem Hotel lag eine große, geräumige Terrasse mit bunten Sonnensegeln und kleinen Tischen und Stühlen in munteren Farben.

Es war hier ganz still und wie ausgestorben. Nina sah nach der Uhr. Die zeigte auf zwei. Da war man wohl eben mit dem Lunch fertig, und das ganze Hotel hielt Mittagsruhe.

Sie ging näher, leinte Zottel an und ging auf die Terrasse. Keine Menschenseele war zu sehen. Nun, setzen konnte sie sich ja immerhin. Irgendwann erschien wohl ein Kellner oder eine Kellnerin. Es hatte keine Eile, gar keine.

Zottel war offenbar müde. Er war ja auch mit seinem ewigen Hin-und-her-Gerenne viermal so weit gegangen wie sie. Er rollte sich neben ihrem Stuhl in sich zusammen und schlief ein.

Die Sonne brannte auf die Terrasse herab. Die Türen standen offen. Nina schaute ins Haus hinein. Sie sah in eine große Halle mit behaglichen Sesseln und kleinen Tischen, einer riesigen Musiktruhe und modernen Gemälden.

Jetzt kam ein junges Mädchen ums Haus herum gegangen. Nina folgte ihr mit den Augen. Die war aber smart! Schlank und braungebrannt und unwahrscheinlich elegant in einem supermodernen, kniefreien, zitronengelben Sommerkleid, blau abgesetzt. Die nackten Füße mit den schön rotlackierten Nägeln steckten in einem Paar Sandaletten. Und die große, lustige Korbtasche, die sie über der Schulter trug, sah nach Spanien oder Südfrankreich aus. Über der ganzen Erscheinung lag der Hauch einer großen und fernen, reichen Welt.

Sie ging ins Haus hinein, verschwand in der große Halle, und dann hörte Nina ihre Stimme. Diese Stimme rief etwas in einer Sprache, die Nina nicht verstand. Aber an dem Klang erkannte sie sie: Es mußte Französisch sein.

Und dann — plötzlich wurde Nina steif auf ihrem Stuhl. Eine Männerstimme antwortete, und diese Stimme hätte Nina erkannt, selbst wenn sie chinesisch gesprochen hätte.

Eine leise Stimme, die in derselben Sprache antwortete, fließend, ohne Stocken und ohne Pause.

Dann ein klingendes Frauenlachen. Wieder ein paar muntere Worte. Wieder die ruhige Männerstimme.

Nina fühlte, wie ihr das Herz weh tat.

Sie kramte aus der Tasche ihrer Sportjacke einen kleinen Spiegel und einen Kamm hervor. Sie hielt sich den Spiegel vors Gesicht — und mit einemmal sah sie sich selbst, so wie sie in den Augen fremder Menschen aussehen mußte: Spindeldürr war sie geworden, und blaß sah sie aus trotz der anstrengenden Wanderung — ja die Anstrengung schien sie noch blasser gemacht zu haben. Ihr Haar war strähnig und ohne Glanz, trotz der neuen Dauerwelle, die sie vor der Abreise bekommen hatte.

Die Sportjacke, die sie trug, war sehr einfach und bescheiden. Und neben ihr schlief ein zotteliger, krummbeiniger, lächerlicher Bastard von einem Köter.

Nina stand mit einem Ruck auf, drehte sich auf dem Absatz um und ging schnell, ganz schnell über die Terrasse nach draußen, fort von „Blaufall", fort von französischen Schönheitsoffenbarungen und moderner Eleganz — fort von einer Stimme, die schön geklungen hatte wie immer, ob sie nun Norwegisch oder Französisch sprach.

Fort! Fort! Hier gehörte sie nicht hin. Das war eine Welt, die ihr verschlossen war.

Fort! Ach, wer doch weit weg fortziehen könnte, sich in einem Mauseloch verkriechen, sich vor der Welt verstecken könnte — häßlich und müde und niedergeschlagen und mager und unglücklich, wie sie war.

Sie ging schneller die Autostraße hinunter. Die weitete sich ein Stück unterhalb des Hotels aus, so daß ein kleiner Platz entstand.

Hier gab es eine Poststelle und einen Landkrämer und einen Stand mit Zeitungen und Eis.

Vor dem Zeitungskiosk standen zwei junge Mädchen und schleckten an ihren Eisstangen.

Nina sah sich den Fahrplan des Autobusses an, der neben den Mädchen an der Kioskwand angeschlagen war. Und was sie jetzt sagten, schlug deutlich an ihr Ohr: „Wo ist denn die Modepuppe hin?"

„Ach, das ist doch klar wie Kloßbrühe! Die kann doch zur Zeit nicht länger als höchstens eine halbe Stunde von ihrem Helden weg sein. Er ist doch der einzige, der mit ihr reden kann, sagte sie."

„Ist ja Quatsch! Die Person kann blendend Englisch, wenn sie nur will."

„Na klar, kann sie! Aber er ist ja so herrlich jung und schön, verstehst du? Und alles, was recht ist, der redet ja französisch, daß unsereins krank wird vor lauter Minderwertigkeitskomplexen. Der *muß* doch Student sein, Philologe oder so was Ähnliches."

Die andere lachte. „Du wirst doch nicht etwa auch ein wenig Feuer gefangen haben?"

„Na klar hab ich das! Wenn erst die Modepuppe abgereist ist, da sollst du mal sehen! Dann fahre ich ganz großes Geschütz auf. — Hei, da wäre ja der Autobus! — Nein, ich weiche nicht von der Stelle, bis die Post sortiert ist. Den Brief will ich selber haben. Der kommt mir nicht mit in den Hotelhaufen hinein."

Ein Postsack wurde abgeladen. Die beiden Mädchen gingen kichernd und plaudernd zur Poststelle hinüber, und Nina nahm Zottel beim Wickel und stieg in den Bus.

Der fuhr bald darauf ab und brachte Nina nach Sirili zurück.

Sie hatte alles und alle Menschen satt.

Vielleicht hatte sie sich selbst am allermeisten satt — nur wußte sie es noch nicht.

Aber dann erwachte Nina

„Mädchen, du hast ja das Essen kaum angerührt! Magst du gebratenen Fisch nicht?"

„Doch, Grete, er war sehr gut, aber . . ."

„Du mußt essen. Du siehst im Gesicht aus wie ein Gespenst. Ist das der vergnügte Irrwisch aus der Mittelschule mit lauter Unfug im Kopf? Diese Gelbsucht darf dir doch nicht für alle Zeiten einen Knacks geben!"

„Ach wo, das tut sie auch nicht. Aber ich bin so müde, Grete, und ich mag nicht essen — ich kann doch nichts dafür."

„Du Armes, du bist sicher kränker gewesen, als ich dachte!" sagte Grete voller Mitgefühl. „Wenn ich nur etwas mehr Zeit hätte, Nina. Dann könnten wir uns hin und wieder einmal unterhalten. Aber du siehst ja, wie oft ich Gelegenheit habe, mich auf einen Stuhl zu setzen. Und da klingelt es schon wieder. Das sind bestimmt Frau Ludwigs Kinder, die wollen eine Brause haben. Oder Frau Pedersen möchte warme Milch. Mach einen ordentlichen Spaziergang, Nina. Es ist heute abend so herrlich draußen. Und dann wirst du müde und kannst schlafen."

Grete wußte, weshalb sie das sagte. Sie hatte wohl gemerkt, daß Nina in den letzten Nächten stundenlang wach gelegen hatte.

„Wenn ich nur wüßte, was ich mit Nina anstellen soll", sagte sie zu ihrer Mutter, als sie in der Küche stand und Milch für Frau Pedersen heiß machte. „Sie wird von Tag zu Tag elender."

„Weißt du, was ich glaube? Mit dem Mädel ist seelisch irgend etwas nicht in Ordnung. Es sind nicht nur die Nachwirkungen von der Krankheit. Das Kind hat sich in ein Mitleid mit sich selbst geradezu hineingesteigert, Grete. Glaube mir, soviel Instinkt habe ich. Sie redet mit keinem Menschen, wenn sie es umgehen kann, ganz zu schweigen davon, daß sie nie auch nur einen Funken Interesse für dich oder mich oder das Haus hier zeigt — und ihr seid doch immerhin alte Freundinnen."

„Ja, irgend etwas ist los", sagte Grete. „Wenn ich nur Zeit hätte, mich etwas mehr mit ihr abzugeben — huch, jetzt kocht die Milch! Ach ja, Mutti, Fräulein Bang-Nielsen wollte gern noch eine Wolldecke haben ... ja, und du — Herr Larsen bekommt morgen zum Lunch Besuch, zwei Personen. Ich renne eben mit der Milch nach oben, Mutti. Ich komme sofort wieder ..."

Frau Jerndal sah ihrer Tochter mit einem kleinen Lächeln nach. Dies tüchtige, tapfere Mädel! Da war nichts von Mitleid mit sich selbst, wahrhaftig nicht. Sie schuftete vom frühen Morgen bis zum späten Abend. War es eine Kunst, eine Pension zu führen, wenn man solche gute Hilfe hatte wie ihre Grete?

Die Küchenhilfe Elise klapperte mit dem Aufwasch. Ein Krachen ertönte, und Frau Jerndal drehte sich rasch um. Eine von den großen Schüsseln war schmetternd zu Boden gefallen.

„Aber gute Elise", sagte Frau Jerndal, drehte sich abermals rasch um, machte einen Schritt, stolperte über einen Küchenhocker ...

Nina kam von ihrem Abendspaziergang nach Hause. Es stimmte, was Grete gesagt hatte. Sie war müde von dem Weg und der frischen Luft. Sie war richtig schläfrig. Heute nacht würde sie endlich schlafen können.

Sie hatte ein paar Feldblumen gepflückt und ging geradewegs in die Küche, um sich ein Glas Wasser auszubitten für die Blumen.

Die „begabte Bellina" stand ganz allein am Aufwaschbecken und schluchzte und wischte sich die Tränen.

„Aber liebe Bella, was ist denn los?"

„Ach, es ist so schrecklich, so schrecklich!"

„Was ist denn, Bella?"

„Och, die haben sie ins Krankenhaus gefahren. Sie haben gesagt, sie hat sich's Bein gebrochen . . ."

„Wer hat sich das Bein gebrochen?"

„Na, Frau Jerndal . . . Und dann ist ein Krankenauto aus Bekkum gekommen, und Grete ist mit ihr hingefahren. Ach, wenn sie bloß nicht stirbt!"

„Bella, jetzt sei mal vernünftig und rede keinen Unsinn. Man stirbt nicht vom Beinbruch. Wann war denn das?"

„Gleich nach dem Mittagessen. Elise stand und wusch auf, und dann ist Frau Jerndal hier auf dem Fußboden in der Küche ausgerutscht — genau da, wo ich stehe, und dann konnte sie nicht wieder aufstehen, und dann mußte Grete das Krankenhaus anläuten, und dann ist ein Krankenauto gekommen, und nun sind sie gerade weggefahren. Ach Himmel, es läutet! Ich muß rennen . . ."

Nina stand einen Augenblick mit ihren Blumen in der Hand. Es war für sie ungewohnt und schwierig, die Gedanken auf die Sorgen anderer Menschen zu richten, da sie monatelang nur an ihre eigenen gedacht hatte.

Aber jetzt drängte sich trotzdem das Mitleid in ihr Bewußtsein. Arme Frau Jerndal! Zum Verzweifeln! Nun ja, ein Beinbruch war ja noch nicht das schlimmste — wenn das, was Bella erzählt hatte, stimmte. Vielleicht war kein Krankenauto gekommen, sondern nur eine Taxe; vielleicht war es auch nur eine Prellung.

Nina ging die Treppe hinauf — die Küche lag im Keller. Oben auf dem Flur traf sie Fräulein Dyring.

„Ist es nicht furchtbar, Fräulein Löge? Die arme Frau Jerndal! Wie soll nur diese junge Tochter den ganzen Kram allein schaffen! Hier in dem vollen Haus! Ja, ich helfe Elise gerade, die Zimmer für die Nacht zurechtzumachen. Wenn nur Fräulein Grete bald nach Hause kommt, damit wir erfahren ..."

Aber es wurde Mitternacht, bis Grete nach Haus kam, klein und unglücklich und mit verweinten Augen.

Die meisten Gäste waren aufgeblieben, um zu hören, wie es Frau Jerndal ging.

Und Grete erzählte, es sei ein Schenkelhalsbruch. Und nicht genug damit, die Mutter hatte sich auch einen Knochen im rechten Handgelenk gebrochen. Sie würde sicher viele Wochen im Krankenhaus zubringen müssen. Nein, die Schmerzen seien nicht mehr so stark gewesen, als Grete sich jetzt von ihr verabschiedete. Sie habe eine schmerzstillende Spritze bekommen. Der Arm sei in Gips gelegt worden, und morgen werde das Bein genagelt. Bei voller Narkose natürlich. Und die Mutter sei furchtbar tüchtig und tapfer.

Allmählich kam das Haus zur Ruhe. Nina ging nach oben und ins Bett. Aber es dauerte lange, ehe Grete kam. Was in aller Welt tat sie so lange? fragte sich Nina. Sie war zu weit von der Wirklichkeit entfernt, als daß die einfache Wahrheit ihr eingefallen wäre: daß Grete am Küchentisch saß mit Essenslisten und Einkaufslisten und dem Ausgabenbuch vor sich und versuchte, für die Zeit, da sie mit ihren achtzehn Jahren Hausfrau sein sollte in einem Haushalt von achtzehn Menschen, einen Plan zu machen. Und das ohne jede andere Hilfe als Elise, die zwar einigermaßen kochen konnte, aber sonst eine Schlampe war, wenn man nicht unaufhörlich ein Auge auf sie hielt — und die „begabte Bellina", die zwischen einer Sardinengabel und einem Buttermesser keinen Unterschied sehen konnte.

Grete schmerzte der Kopf. Mit einem tiefen Seufzer

klappte sie die Bücher zusammen, löschte das Licht in der Küche und ging nach oben.

Die Uhr war halb zwei, und Grete stellte den Wecker auf fünf.

Sie warf einen schnellen Blick auf das andere Bett. Nina schlief.

Da fiel Grete etwas ein. Sie nahm den Wecker und ihre Toilettensachen, schlich geräuschlos aus dem Zimmer, ging quer über den Flur und in Mutters Zimmer.

Es war nach zwei, ehe Grete in ihrer Mutter Bett einschlief.

„Ach, Fräulein Jerndal, könnten sie nicht dafür sorgen, daß Bella mein Zimmer bald macht? Ich möchte gerne dort drinnen sitzen und Briefe schreiben. Jetzt ist es schon nach elf ..."

„Bella, der Kaffee ist ja kalt; Sie müssen doch neuen holen. Begreifen Sie das nicht?"

„Nein, die Klöße sind nicht so, wie Frau Jerndal sie machte."

„Nein, wir fahren morgen ab. Es ist ja nicht mehr so wie früher."

„Ja, die Ärmste! Es ist zuviel für Fräulein Jerndal. Aber auf der anderen Seite möchte man es doch auch schön und bequem haben in den lumpigen paar Urlaubstagen."

„Bekommen wir nicht bald Lunch? Die Uhr ist schon ein Viertel nach!"

„Ja, aber meine Liebe, es muß doch Hilfe zu bekommen sein! Es ist völlig verkehrt von Fräulein Jerndal, daß sie versucht, das ganze allein zu schaffen. Das kann sie doch nicht."

„Aber nein! Sehen Sie nur! Die Topfpflanzen hier an den Fenstern sind ja knochentrocken! Darauf müßte Bella doch achten können!"

Das ließ sich nicht leugnen. Wenn auch die Gäste Mitleid hatten und einsahen, daß Grete zuviel um die Ohren hatte, murrte und knurrte doch hier und da einer. Wenn es irgend etwas gibt, was Sommergäste übelgelaunt macht, dann ist es mißratenes Essen. Und — so traurig es war — daß Elisens Kochkunst keiner Kritik standhielt, war eine Tatsache. Die Gäste waren durch Frau Jerndals „glückliche Hand“ und ihren sicheren Geschmack verwöhnt.

„Ja, natürlich kann es einem leid tun um sie, aber wir möchten doch auch nicht unsere kostbaren Ferien zerstören lassen“, sagte der eine und sagte der andere, und der eine wie auch der andere bat um die Rechnung und fuhr ab.

Grete schuftete und rackerte sich ab, wurde blaß und bekam Ringe unter den Augen aus Mangel an Schlaf.

Nina sah und hörte wenig davon. Sie aß ihr Morgenfrühstück und verschwand, lag stundenlang draußen auf dem Rasenhang, schmorte in der Sonne oder machte kleine Wanderungen auf irgendeine kleine Bergkuppe, wo sie sich mit einem Buch hinsetzte oder gelegentlich ein kurzes Briefchen nach Hause schrieb.

Und zu den Mahlzeiten ging sie heim und dann in ihr Zimmer hinauf, das sie jetzt allein hatte. Und sie konnte nach dem Lunch ins Bett gehen und stundenlang liegenbleiben, unaufgelegt und schwer im Kopf und ohne Appetit.

Und wieder war es Samstag. Und es kamen neue Gäste, zu allem Unglück ein paar Ausländer, und fremde Sprachen waren nicht Gretes starke Seite.

Ninas übrigens auch nicht. Aber sie konnte doch soviel aushelfen, daß man sich verständigte, als eine ältere Dame aus der Schweiz versuchte, der „begabten Bellina“ begreiflich zu machen, daß sie gerne eine Flasche Mineralwasser gehabt hätte. Solange die Dame französisch sprach, war Nina hilflos, aber als sie dann deutsch redete, ging es einigermaßen.

Die „begabte Bellina“ verschwand. Aber das Mineralwasser kam nicht. Da stand Nina auf, um es zu holen.

Als sie in die Küche hinunterkam, blieb sie stehen und rang nach Luft. Hinter einem Berg schmutziger Kochgeräte stand Grete mit zerzausten Haaren und übernächtigen

Augen. Vom Herd kam ein widerwärtiger Brandgeruch. Hier war etwas übergekocht und hatte sich auf der Herdplatte festgesetzt. Die „begabte Bellina“ hatte etwas auf dem Fußboden verschüttet und lag auf allen vieren und wischte auf.

Nina nahm sich die Flasche Apollinaris selbst und dazu ein Glas und brachte es der Schweizer Dame nach oben. Dann ging sie in die Küche zurück.

„Räume du die Essensreste auf“, sagte sie und zeigte mit dem Kopf zur Küchenbank hinüber, auf der die halbleeren Schüsseln beiseite gestellt worden waren. „Ich löse dich mit dem Aufwasch ab.“

„Ach, Nina, du bist ein Engel! Ich glaube, ich werde bald verrückt. Schau, Nina, hier hast du eine Schürze.“

Nun stand Nina und wusch auf und wusch auf, wechselte das Wasser und wusch weiter auf. Als Grete Platten und Kartoffelschüsseln und Saucieren geleert hatte, wurden diese auch auf die Aufwaschbank gestellt.

Und mitten in dieses alles hinein klingelte es, und die „begabte Bellina“ sauste mit warmer Milch und Brause und Zigaretten nach oben, vergaß die Hälfte und sagte verkehrte Namen, wenn Bestellungen notiert wurden.

„Ach, Mädchen! Kannst du denn nicht einen Block und einen Bleistift mitnehmen und es gleich aufschreiben? Auf diese Weise gehen wir bankrott.“

„Wo ist Elise?“ fragte Nina hinter ihrem Berg von Töpfen.

„Ihre Hoheit geruhte, in die Stadt zu fahren“, sagte Grete. „Mutti war damit einverstanden gewesen, daß sie ihren freien Tag umlegte. Und meinst du, das Biest läßt es sich anfechten, daß wir hier jetzt allein schuften? Nein! Abgemacht bleibt abgemacht! Ich hätte sie am liebsten mit meinen eigenen Händen erwürgt. Herrgott, Bella! Herr Larsen bekommt Virginia-Zigaretten, das da sind türkische. Und schreib es jetzt sofort auf. — Saubere Geschirrtücher liegen im Schrank rechts, Nina. — Himmel, wo ist die Mittagsliste?

Da ist sie. Mutti hatte doch falschen Hasen für morgen aufgeschrieben. Aber meinst du vielleicht, Elise könnte das? Ich möchte Gift darauf nehmen, daß er auseinanderfällt, und dann haben wir lauter kleine Klöße ..."

„Ich kann falschen Hasen machen, Grete", sagte Nina. „Das war in der Haushaltungsschule meine Glanznummer. Und ich habe ja auch Übung darin, große Portionen zu machen."

„Ach, Nina, Nina! Würdest du das wirklich tun? Du Liebe, Gute! Du weißt gar nicht... Ach, was bin ich auch für ein Dummkopf. Guck doch, jetzt stehe ich da und heule. Es ist nur, weil mir ein Riesenstein von der Seele ist, Nina. Und dann bin ich sicher auch etwas überanstrengt."

Die „begabte Bellina" war mit den Zigaretten nach oben gegangen. Nina und Grete waren allein.

Nina trocknete sich die Hände ab und ging zu der Freundin hin. Sie legte den Arm um ihre Schultern.

„Grete, ich bin gemein gewesen, ganz egoistisch und gemein, daß ich nicht daran gedacht habe, wie sehr du Hilfe nötig hattest. Sei mir nicht böse, Grete. Ich werde versuchen, es wieder gutzumachen."

In Nina war irgend etwas aufgetaut. Ihre Stimme war anders geworden; Wärme und Freundschaft klangen hindurch.

Grete blickte auf und lächelte durch Tränen. „Jetzt bist du genauso wie früher, Nina. So warst du in der Schulzeit. Liebe Nina!"

„Von wegen lieb", murmelte Nina. „Ein Schafskopf bin ich gewesen. Ein Riesenschafskopf! Aber weißt du was? Oh, ich habe eine Idee! Warte mal eben fünf Minuten, aber rühre den Aufwasch nicht an. Ich komme sofort zurück und mache ihn fertig. Aber ich muß erst was erledigen."

Nina riß sich die Schürze herunter, fuhr sich schnell durchs Haar und lief ins Wohnzimmer hinauf. Sie blickte sich im Kreise um. Richtig, dort saß Fräulein Dyring. Nina ging geradewegs auf sie zu. Sie sprach leise und eifrig auf sie ein.

Fräulein Dyring nickte und lächelte. Sie war einverstanden. „Nein. *Ich* will es nicht sagen", erklärte sie zuletzt. „Sagen Sie es selbst, Fräulein Löge. Ich werde Sie unterstützen."

„Ja, aber ich . . ."

Fräulein Dyring schlug energisch an ihr Limonadenglas, und die Unterhaltung im Zimmer verstummte. Alle richteten den Blick auf Fräulein Dyring.

„Ich möchte einen Augenblick um Ihre Aufmerksamkeit bitten", sagte Fräulein Dyring mit ihrer klaren, festen Stimme. „Nina Löge hat etwas Wichtiges auf dem Herzen, was sie Ihnen gern sagen möchte."

Nina Löge? Die Gäste sahen erstaunt erst Nina an und dann sich gegenseitig. Dieses stille, blasse Mädchen? Das fast nie ein Wort sagte? Dieses in sich gekehrte, scheue Ding? Was hatte sie ihnen wohl zu sagen?

„Ich möchte nur etwas vorschlagen", sagte Nina leicht errötend und stotternd. „Ich wende mich vor allem an die jungen Menschen unter Ihnen. Sie wissen, wie trostlos Frau Jerndal dran ist und daß sie viele Wochen im Krankenhaus liegen muß, und Sie begreifen sicher, wie schlimm es ist, wenn die Hausfrau und Pensionsmutter plötzlich ausfällt, die das Schwungrad gewesen ist. Nun sitzt hier ein achtzehnjähriges Mädchen als Chefin. Und sie möchte so furchtbar gern vermeiden, die Gäste zu bitten, daß sie abreisen.

Sie möchte so gern die Pension weiterführen, so gut sie es irgend kann. Und nun finde ich, daß wir, das heißt die Jüngeren unter den Gästen, Grete Jerndal gegenüber als gute Kameraden auftreten sollten. Und da möchte ich Sie fragen, ob Sie es übernehmen könnten, Ihre Zimmer selbst in Ordnung zu bringen, das Bett zu machen, Staub zu wischen, zu lüften und aufzuräumen. Das ist ja im Nu gemacht, und für Grete wäre es eine große Hilfe. Grete weiß nicht, daß ich Sie darum bitte. Sie selbst würde es niemals tun. Aber ich meine, wir Gäste könnten dies allein unter uns selbst verabreden, so daß alles schon fix und fertig ist, wenn Grete oder Bella oder Elise morgen die Zimmerrunde in Angriff nehmen. Was meinen Sie dazu?"

Die Gäste sahen sich gegenseitig an, zuerst ein wenig erstaunt, dann lächelten sie einer nach dem anderen und nickten verständnisvoll, die jungen wie die alten.

„Klar können wir das."

„So kameradschaftlich muß man doch schon sein."

„Weshalb übrigens nur die jungen Leute?"

„Aber bitte, kein Wort davon zu Grete. Es soll eine Überraschung sein."

„Können wir sonst noch etwas tun, Fräulein Nina?"

Fräulein Dyring nickte begeistert. „Habe ich es nicht immer gesagt! In diesem Haus sind wir wie eine große Familie."

„Ich danke Ihnen allen tausendmal", sagte Nina. „Ich freue mich riesig, daß wir uns einig sind. Aber nun muß ich laufen, sonst wittert Grete, daß wir was im Schilde führen."

Als Nina an diesem Abend ins Bett ging, war sie müde, richtig gut müde, so, wie sie sich seit Wochen und Monaten nicht gefühlt hatte. Es war eine gesunde Müdigkeit nach körperlicher Arbeit. Zwei Minuten dauerte es, nachdem sie den Kopf aufs Kissen gelegt hatte, dann war sie eingeschlafen.

Und die Hilfe kam

„Nina, du bist wirklich das komischste Menschenkind, dem ich begegnet bin", sagte Grete.

Sie standen zusammen an der Aufwaschbank. Elise richtete den Kaffee an, und Bellina hatte eine Stunde freibekommen. Sie war eine gute Person, die kleine Bellina! Niemals klagte sie über all das, was zu tun war, und nie kam ein Nein aus ihrem Mund. Daß sie ohne Zweifel nicht in der Nähe gewesen war, als das Pulver erfunden wurde, war nicht ihre Schuld! Sie war in diesen Tagen auch müde und blaß geworden. Und Grete war jedesmal froh, wenn sie zu ihr sagen konnte: „Lauf ein Stündchen nach oben, Bellina, und schlaf ein bißchen!"

„Weshalb bin ich komisch?" fragte Nina.

„Tagelang läufst du jetzt hier herum und vegetierst nur, ißt und schläfst — wirst mit jedem Tag dünner und elender. Dann plötzlich fängst du an, um halb sechs aufzustehen, und schuftest den ganzen Tag wie ein Knecht, kommst viel zu spät ins Bett, hast kaum Zeit genug zum Essen — und jetzt nimmst du tatsächlich zu, und du hast Farbe bekommen. Ist das etwa nicht komisch?"

„Nicht so komisch, wie du meinst", lächelte Nina. „Es kommt ganz einfach daher, daß ich mich wohl fühle."

„*Das* ist nun ebenfalls sehr komisch", stellte Grete fest. „Ich weiß nicht, was ich ohne dich getan hätte, Nina. Nicht eine einzige Klage über das Essen, seit du angefangen hast, hier im Haus das Zepter zu schwingen — ich meine den Kochlöffel. Im Gegenteil! Hast du gehört, daß Frau Ludwig sich das Rezept für deinen Vanillepudding ausgebeten und daß Larsen den Fischauflauf über den grünen Klee gelobt hat? Du kannst wahrhaftig kochen, Mädchen!“

Nina lächelte. „Furchtbar nett, daß du das sagst, Grete. Ja, im Grunde finde ich, Kochen macht Spaß, und dann vergiß nicht, ich komme ja frisch von der Haushaltungsschule.“

„Die weibliche Arbeit liegt dir“, stellte Grete fest. „Ich weiß noch, daß du in der Schule in Handarbeit sehr gut warst. Was wird nun eigentlich mit dir? Willst du nach Oslo gehen und weben lernen?“

„Nein. Ich habe mich anders entschlossen. Ich gehe aufs Gymnasium.“

„Was? Aufs Gymnasium? Warum denn das?“

„Tja, ich möchte mich in Sprachen gern vervollkommnen.“

„Aber du liebes bißchen! Das kannst du doch auch, ohne aufs Gymnasium zu müssen! Es geht mich ja nichts an. Aber all das mit dem Gymnasium und der Studentenmütze und dem Lernen und Büffeln und was nicht alles ... Das paßt irgendwie gar nicht zu dir. Bei dir sitzt es in den Händen, weißt du das?“

„Und nicht im Kopf, meinst du?“ sagte Nina.

„Versteh mich nicht falsch“, sagte Grete schnell. „Natürlich schaffst du das Abitur; du bist doch nicht dumm. Aber du bist riesig tüchtig in Handarbeit und Kochen und solchen Sachen. Und warum willst du denn nicht einen Beruf wählen, wo du deine ausgesprochenen Begabungen verwenden kannst? Nun ja, wie gesagt, es ist ja nicht meine Sache.“

„Vielleicht hast du recht“, sagte Nina still.

Irgend etwas in ihr tat weh. Sie wußte nur zu genau, warum sie plötzlich auf den Gedanken gekommen war, ins Gymnasium zu wollen. Sie hatte nur Gunnar imponieren wollen.

„Vielleicht hast du recht“, sagte sie wieder. Den Beruf sollte man nach den Begabungen wählen, die man hatte.

Und Gunnar — Gunnar mußte sie sowieso aus ihrem Bewußtsein und aus ihrem Herzen verbannen. Der reiche Gunnar, der ein riesiges, elegantes Auto fuhr und wochenlang in einem der teuersten Hotels des Landes wohnen konnte — Gunnar, der von seinem schwerreichen Onkel verwöhnt und verhätschelt wurde — Gunnar, der elegant und klug war und der von ihr so gar nichts wissen wollte ...

Nein! Nicht an Gunnar denken! Jetzt war es wichtiger, daß sie überlegte, was es morgen zum Lunch geben sollte.

„Du, Grete, ist noch etwas von den gekochten Forellen übrig? Davon könnte ich morgen einen Fischsalat machen."

„Da muß noch eine ganze Menge übrig sein", meinte Grete. Sie öffnete den Kühlschrank und sah nach.

„Merkwürdig! Hier drin steht sie nicht. Ich habe doch Elise gesagt, sie sollte ... Sie hat doch nicht etwa ...?" Grete blieb mit gerunzelten Brauen stehen, dann ging sie in den hinteren Flur, nahm den Deckel von dem einen Abfalleimer, dann von dem anderen ab.

„Nein! Da hört doch wirklich alles auf!"

„Was ist denn, Grete?"

„Was ist? Schau her! Was sagst du dazu?"

Grete hatte einige Kartoffelschalen weggeschoben, die zuoberst im Eimer lagen. Darunter erschienen zwei ganze gekochte Forellen, ein halbes Brot, ein großer Käsekanten und eine Menge gekochter Kartoffeln.

„Ist so was wohl zu glauben? Ist es da so merkwürdig, daß das Geld uns unter den Fingern wegläuft? Und Mutti hat immer dafür gesorgt, daß alle Reste ausgenutzt werden. Dieses verdammte Frauenzimmer!"

„Redet ihr vielleicht von mir?"

Die beiden jungen Mädchen drehten sich um. Grete war puterrot vor Wut. Hinter ihr stand Elise.

„Ja, das tun wir allerdings! Sehen Sie her! Wieviel Geld, glauben Sie, haben Sie hier in unseren Abfalleimer geworfen? Rechnen Sie sich's aus, und ein andermal können Sie die Kronen gleich in den Abfalleimer werfen; das wäre einfacher. Lassen Sie sich's gesagt sein, Elise, hier im Haus wird kein Essen weggeworfen."

„Aha, Sie wollen anfangen, mich zu belehren! Ich habe schon in Hotels gearbeitet, als Sie noch in den Windeln lagen."

„Das interessiert mich nicht. Was mich interessiert, ist, daß Sie gegen den ausdrücklichen Befehl meiner Mutter Essen wegwerfen, das noch zu verwenden ist."

„Ich habe Erfahrung genug, um zu wissen, daß man den Gästen kein aufgewärmtes Essen vorsetzen darf."

„Diese Frage beabsichtige ich nicht, mit Ihnen zu erörtern, und das geht Sie auch nichts an. Aber ich verbiete Ihnen, irgend etwas wegzuwerfen, ohne mich erst zu fragen."

„Danke! Ich habe nicht die Absicht, mir von einem achtzehnjährigen Mädchen Vorschriften machen zu lassen."

„Aber Sie haben nach wie vor die Absicht, Ihren Lohn von einem achtzehnjährigen Mädchen entgegenzunehmen."

Gretes Stimme klang messerscharf, und was im nächsten Augenblick geschah, überraschte Nina im Grunde nicht. Elise riß sich die Schürze ab und schleuderte sie auf den Fußboden. Die weiße Haube ging hinterdrein.

„Weder Vorschriften noch Lohn! Danke schön! Sie können zusehen, wie Sie ohne einen erwachsenen Menschen im Haus durchkommen, denn ich fahre mit dem Neun-Uhr-Bus. Guten Abend!"

Die Tür knallte hinter Elise zu.

Grete und Nina sahen einander an. Sie wußten nicht, ob sie lachen oder weinen sollten.

„Was sollen wir jetzt tun, Nina?" Gretes Stimme klang verzagt und hilflos.

Aber Ninas Stimme war ruhig, und sie lächelte beinahe, als sie antwortete: „Vor allen Dingen wirst du jetzt erst mal die feinen Forellen aus dem Mülleimer nehmen und sie Zottel auf den Teller legen und die Kartoffeln dazu. Und dann müssen wir uns heute abend hinsetzen und einen Schlachtplan entwerfen. Wir haben es bis jetzt geschafft, Grete, und wir werden es auch ohne Elise weiterschaffen. Denk nur, wie teuer sie war. Und denke nur, wie wunderbar, daß wir nun ihr muffiges Gesicht nicht mehr zu sehen brauchen!"

„Könnten wir der ‚begabten Bellina' bloß eine Einspritzung mit konzentrierter Intelligenz geben, dann kämen wir durch", seufzte Grete. Aber dann mußte sie lachen. „Ja, ja, vielleicht schaffen wir es, wenn du wirklich . . ."

„Unbedingt!" sagte Nina. „Ich werde wirklich. Ich rühre mich nicht aus Sirili fort, bis deine Mutter zurückgekommen ist oder bis du eine erstklassige Hilfe bekommen hast."

„Ach, Nina!" sagte Grete.

„Fräulein Löge, können Sie eben mal einen Augenblick heraufkommen?"

Es war Fräulein Dyring, die rief. Die „begabte Bellina" hatte gerade die Platten mit Kalbsbraten nach oben getragen, und jetzt reichte Nina ihr die Saucenschüssel.

Siehe da, was mochte da nun los sein? Nina band sich die Küchenschürze ab und lief hinauf.

Oben an der Treppe stand Fräulein Dyring mit einem kleinen Lächeln. „Wir brauchen ordentliche Messer, Fräulein Löge. Bella hat uns die Fischbestecke gedeckt."

„Ach, du heiliger Bimbam!" Nina legte schnellstens Messer und Gabel herum und sammelte die Fischbestecke wieder ein.

„Sie haben doch gestern die Fischmesser für gebratenen Heilbutt gedeckt, und da dachte ich, sie wären auch für Braten richtig", verteidigte sich Bella hinterher.

Nina und Grete seufzten im Chor.

„Was willst du jetzt holen?" fragte Grete. Bella hatte den Schrank geöffnet, wo die Rauchwaren aufbewahrt lagen.

„Der Engländer wollte eine Zigarre haben."

„Zigarre? Jetzt, mitten beim Essen?"

„Ja, er sagte Zigarre."

Nina ging ein Licht auf.

„Hat er nicht ‚sugar' gesagt?"

„Doch ... doch, das kann sein, daß ... es hörte sich aber an wie Zigarre."

Nina drückte ihr eine Zuckerdose in die Hand. „‚Sugar' bedeutet Zucker, Bella. Lauf jetzt hinauf, aber 'n bißchen hoppla!"

„Ich muß zum Krämer nach ‚Blaufall' rauf, Nina. Es geht schneller, als wenn ich nach Bekkum fahre, und sie haben ja sicher dort oben irgendwelches Gemüse. Ich bin geschwind wieder da."

„Ja, fahr du nur."

„Ist es schlimm, daß ich dir alles allein überlasse ..."

„Ja, aber daran ist nun nichts zu ändern. Es ist ja nur der Lunch, und den schaffen Bella und ich schon. Mach, daß du wegkommst, um so eher bist du wieder hier."

Grete verschwand, und Nina fuhr in ihrer Arbeit fort. Sie machte die kleinen Platten für den kalten Tisch zurecht. Es war leicht gesagt, Grete solle machen, daß sie wegkam.

Aber es war keineswegs so leicht, allein fertig zu werden. Hätte sie wenigstens eine brauchbare Hilfe zum Bedienen! Jetzt mußten Nina oder Grete unaufhörlich loslaufen, um Bellas Schnitzer wieder in Ordnung zu bringen oder um sich mit der Schweizer Dame oder den beiden Engländern zu verständigen, wenn sie etwas bestellten. O nein, leicht war es wirklich nicht, nein ...

Und es war auch nicht leicht, die schweren Körbe und Kisten vom Lieferauto herabzuheben und die Koffer der Gäste zu schleppen.

Nina hatte den Lunch fertig und lief nach oben, um nachzusehen, ob Bella den Tisch vernünftig gedeckt hatte.

„Schau her, Bella", erklärte sie geduldig. „Denke doch nur einmal ein kleines bißchen nach! Die flachen Aufgebelöffel sind für flache Platten. Die tiefen Löffel sind für Mayonnaise und Marmelade und alles das, was in tiefen Schüsseln aufgetragen wird. Die Aufschnittgabeln sind für Dinge, die man leicht aufspießen kann, so wie Schinken und Wurst und dergleichen. Die Sardinengabeln sind nur für Sardinen. Die gehen nämlich kaputt, wenn man versucht, sie mit einer spitzen Gabel aus der Dose zu angeln. Glaubst du nun, daß du das behalten kannst, Bella?"

„Ja, sicher", meinte Bella. Sie stellte sich hin und blickte über Ninas schönes kaltes Büfett.

„Das ist schön, Bella. Ich laufe jetzt nach oben und richte den warmen Gang an. In zwei Minuten kannst du zum Lunch klingeln."

„Ja, gewiß", sagte Bella diensteifrig und steckte einen Tomatenheber in die Apfelsinenmarmelade.

Die Küche floß über von schmutzigem Geschirr. Nina arbeitete im Schweiße ihres Angesichts. Wie viele Küchenhandtücher hatte sie schon verbraucht! Sie mußten so schnell wie möglich die Wäsche wegschicken. Ach du liebe Zeit! Heute mußten ja die Betten neu bezogen werden . . .

„Bella, hör zu! Du weißt doch, wo die Bettwäsche liegt."

„Ja, gewiß! Ich habe ja immer die Betten neu bezogen."

„Das ist großartig, Bella. Hier ist der Schlüssel zum Leinenschrank. Renne schnell nach oben und hole reine Laken und Bezüge und — ja, und dann Handtücher natürlich und fange an, in den Zimmern, in die du hineinkannst, frisch zu beziehen. Ich weiß, daß zum Beispiel Herr Larsen den ganzen Tag fort ist, und Frau Ludwig mit den Kindern ist nach Bekkum gefahren, da kannst du anfangen."

„Ja, gewiß", sagte Bella, willig wie immer, nahm den Schlüssel und verschwand.

Und Nina fing an, abzuwaschen. Sie spülte und spülte — du liebe Zeit, was sammelte sich doch von zwölf Menschen für ein Haufen Geschirr an!

Da hörte sie draußen den Wagen. Wie herrlich, daß Grete kam!

Hinter ihr ging die Tür auf. Nina strich sich mit einer nassen Hand eine Haarlocke aus der Stirn.

„Ist ja fein, daß du kommst, Grete. Ich kann vor lauter Geschirr kein Land sehen. Aber du, das Gulasch, das ist gut geworden. Fräulein Dyring hat es gelobt. Du, Grete, ich habe Bella Bescheid gesagt, daß sie ... ah ...“

Nina hatte sich umgedreht, während sie redete: Gleich innerhalb der Tür stand eine Gestalt. Aber Grete war es nicht. Es war eine Männergestalt, eine große schlanke Gestalt mit einem schmalen Gesicht, unter der hohen Stirn leuchteten zwei blaue Augen, so unwahrscheinlich blau — und so ernst. Aber jetzt trat ein Ausdruck allerhöchsten Erstaunens in ihren Blick.

Nina fühlte, wie ihr die Röte in die Wangen schoß und wie ihr das Herz in der Brust zuckte.

„Herr Wigdahl ...! Wieso wußten Sie, daß ich hier war?“

„Ich? Keine Ahnung!“

„Dies ... dies ist der Kücheneingang, Herr Wigdahl. Sie müssen ums Haus herumgehen — durch die Glastür.“

„O nein, dies ist hier richtig. In die Küche will ich ja.“

„In die Küche?“

Nina hörte ihre eigene Stimme gleichsam von weit her. Sie wußte kaum, was sie selber sagte. Sie mußte es sich noch einmal sagen, daß es wirklich stimmte: Sie stand wirklich hier mit strubbeligem Haar und einer zerknautschten Schürze und spülte Geschirr, und in der Tür stand Gunnar Wigdahl. Leibhaftig stand er da!

Dann ertönte wieder seine Stimme, ruhig, und es klang wie ein kleines Lächeln hindurch. „Ja gewiß, in die Küche.

Sagen Sie mal, Sie sind also die Freundin, die Grete Jerndal so fabelhaft hilft?"

„Ich ... ich ... na, das heißt, ich bin eigentlich Gast. Aber dann ... dann hat sich Frau Jerndal das Bein gebrochen ... und dann ..."

„Dann sind Sie eingesprungen und haben Ihre Freundin gerettet, das weiß ich. Das haben Sie ja fabelhaft gemacht, Fräulein Nina. Ja, ich habe hier eine Stellung angenommen, verstehen Sie. Ich wurde vor zwanzig Minuten engagiert."

Gunnar stellte den Rucksack auf den Boden und zog die Jacke aus. „Spülen Sie weiter, Fräulein Nina. Ich trockne ab."

Nina drehte sich automatisch zur Abwaschschüssel um, und es war ein wahres Wunder, daß die Teller nicht unter ihren Fingern entzweigingen, so wie sie an den Händen zitterte.

„Ja, aber Herr Wigdahl... ich verstehe überhaupt nicht... wie ist denn das bloß zugegangen, daß Sie plötzlich ..."

„... daß ich aus dem ‚Blaufall'-Hotel rausgeworfen worden bin? Ich bin einem Gast gegenüber geplatzt und habe meine Meinung gesagt, und dann blieb nichts weiter übrig, als die Sachen in den Koffer zu stopfen und zu verschwinden."

„Hinausgeworfen? Ja, waren Sie denn nicht ..."

„Kellner für den Sommer, allerdings. Ich habe einen Haufen Trinkgelder verdient, aber zuletzt konnte ich nicht mehr. Und da stand ich an der Autobushaltestelle und überlegte, ob ich runterlaufen sollte. Der Autobus war nämlich eben weggefahren, und da ..."

„Hallo! Schon bei der Arbeit Wi..., Wi..., Wi..., ja, wie heißen Sie eigentlich? — Ja, richtig, Wigdahl. Was sagst du, daß wir Hilfe bekommen haben, Nina? Ist das nicht eine tolle Sache?" Grete stand in der Tür, lachend und froh.

„O ja", sagte Nina, und dann endlich drängte sich auch das Lachen auf ihrem Gesicht hervor. Sie drehte sich zu

Grete um. „Und er ist noch dazu ein alter Bekannter von mir!"

„Das ist doch nicht möglich! Das ist ja ulkig! Wohnen Sie auch in Lillevik, Wigdahl?"

„Ich habe gewohnt. Anfang Juni bin ich weggezogen."

Nina machte große Augen. „Sie wohnen nicht mehr bei Ihrem Onkel?"

„Nein. Aber wovon haben wir gerade gesprochen? Nun ja, ich stand vor einer halben Stunde an der Haltestelle und wartete auf den Bus. Und da rollte ein kleiner grüner Lieferwagen an meine Seite, und heraus kam ein entsetzlicher Köter!"

„Herr Wigdahl! Wenn Sie sagen, daß Zottel entsetzlich ist, dann werden Sie hier sicher auch rausgeworfen. Zottel ist wirklich niedlich."

„Natürlich ist er niedlich, entsetzlich niedlich! Ja, und dann kam ein Mädchen."

„Auch entsetzlich?" gluckste Grete.

„Alles andere als entsetzlich", fuhr Gunnar unerschütterlich fort. „Und dann machte sie sich daran, einige schwere Kartons aus dem Laden herauszutragen . . ."

„. . . und dann erschien ein vollendeter Kavalier und begann mir zu helfen. Und dann kamen wir ins Reden, und ich erfuhr, daß er im ‚Blaufall' rausgeworfen worden ist. Und dann fragte ich ihn, ob er mit mir nach Sirili . . ."

„Und ich erfuhr, daß das kleine grüne Auto hier in die Pension von Sirili gehört. Und da fragte ich, ob sie dort vielleicht Hilfe nötig hätten . . ."

„. . . und da hätte ich dich beinahe umarmt." Sie merkte offensichtlich nicht, daß sie du sagte. „Aber weißt du, Nina, ich mußte doch erklären, daß es sich hier um das Bedienen von ganz alltäglichen bürgerlichen Pensionsgästen handelte und nicht gerade darum, Cocktails für Millionäre zu mischen."

„Danke! Mein Bedarf an Cocktail trinkenden Millionären ist für den Rest meines Lebens gedeckt", sagte Gunnar. „Das ist wahrhaftig das Tollste, was mir in meinem Leben begegnet ist. Grete stellte mich also vom Fleck weg an, und hier bin ich und nun möchte ich wissen, wo ich die Teller hinstellen soll, und ob die Bestecke in eine Anrichteschublade kommen oder wohin sonst . . ."

„Sie müssen doch erst einmal ihr Gepäck an den Platz stellen", meinte Nina.

„Klar", sagte Grete. „Ich hoffe, in Elises Zimmer sieht es einigermaßen ordentlich aus. Kommen Sie mit mir, Wigdahl — ach was, ich sage Gunnar, nicht wahr? Das ist viel einfacher. Also, ich will dir mal zeigen . . ." Grete stockte. Ihre Augen fielen auf Nina, auf ihr Gesicht. Die Wangen glühten, ihre Augen glänzten wie Sterne.

„Aha", brummte Grete, und laut fuhr sie fort: „Oder willst du so nett sein und Gunnar nach oben bringen, Nina? Offengestanden, ich habe einiges zu tun . . ."

„Klar", sagte Nina. „Tun Sie Ihr Gepäck — tu dein Gepäck in den Küchenaufzug. Er geht bis hinauf in den zweiten Stock."

Und Nina war es so, als ob sie mit Gunnar zusammen die drei Treppen nach oben schwebte. Als sie in Elises Zimmer kamen, sahen sie die Bescherung. Hier lag dicker Staub, das Bett war ungemacht; im Aschenbecher waren Zigarettenstummel, auf dem Tisch stand eine Vase mit welken Blumen.

„Du liebe Zeit! Wie sieht es hier aus!" sagte Nina. „Ich mache schnell Ordnung."

„Du wirst jetzt ganz schnell ein Laken hervorholen, einen Bettbezug und einen Kissenbezug und zwei Handtücher", lächelte Gunnar. „Alles übrige mache ich selbst."

Nina holte das Bettzeug. und Gunnar öffnete das Fenster sperrangelweit, schüttete den Aschenbecher aus und begann das Bett abzuziehen. Nina blieb einen Augenblick stehen.

„Wie ... wie anders Sie ... wie anders du bist, Gunnar“, sagte sie zögernd, „so ganz anders ...“

Gunnar drehte den Kopf nach ihr um und lächelte sie an, und sein Lächeln war weich und echt. „Du auch“, sagte er, und in seiner Stimme lagen Wärme und Freude.

Nina blieb noch immer stehen. „Und ... und es ist ... es ist wirklich nett, dich so kennenzulernen, wie du jetzt bist“, sagte sie leise.

„Gleichfalls, Nina!“

„Ich muß wieder runter, Gunnar. Ich habe so viel zu tun.“

„Ich komme sofort nach. Will nur das Allernötigste auspacken und nachsehen, ob ich eine reine Servierjacke habe.“

„Gut, bis nachher!“

Nina hatte die Tür aufgemacht. Da hörte sie Gunnars Stimme wieder hinter sich: „Du, Nina! Du bist eine famose Person. So gefällst du mir — daß du es weißt!“

Als Nina wieder in die Küche hinunterging, setzte sie die Füße nicht auf eine abgetretene Holztreppe, sie schwebte auf rosa Wolken. Nie in ihrem Leben war sie so glücklich.

Das bessere Ich

Zum erstenmal, seit sie angefangen hatte, hier mitzuarbeiten, fiel es Nina schwer, abends einzuschlafen. Aber es war eine glückliche Schlaflosigkeit. Sie war so froh, daß sie kaum das Herz hatte, ihr Glück einzuschließen. Sie mußte es noch ein Weilchen bewußt und in wachem Zustand auskosten. Gunnars plötzliches Auftauchen war an sich schon ein Märchen, aber daß er *so* war! Geradezu und vergnügt, ja beinahe lebhaft.

„So gefällst du mir, daß du es weißt!"

Seine Worte klangen in Nina nach. Ihr Herz klopfte, und sie lag da und lächelte in die halbhelle Sommernacht hinein.

Sie schlief erst sehr lange nach Mitternacht ein, und trotzdem war sie um fünf Uhr hellwach. Draußen hatten die Vögel angefangen zu zwitschern. Bald ging die Sonne auf. Nina hüpfte aus dem Bett, wusch sich kalt ab und schlüpfte in ihre Sachen. Ein Tuch um den Kopf, die Kittelschürze an, fertig war sie. Geräuschlos schlich sie in die Küche hinunter. Hier deckte sie den kleinen Tisch am Fenster. Sie filterte Kaffee und schnitt Brot ab.

Ein Viertel nach sechs ging die Tür. Dort stand er, strahlend frisch und lächelnd. „Morgen, Nina!"

„Guten Morgen, Gunnar! Gut geschlafen?"

„Kurz und gut, muß man wohl sagen. Ich bin hungrig wie ein Wolf."

„Du bekommst sofort was. Wie lange willst du dein Ei gekocht haben?"

„Drei Minuten, bitte!"

Nina legte die Eier in die Kasserolle und stellte den Minutenwecker. Dann lächelte sie Gunnar zu: „Du bist es also wirklich!" sagte sie. „Als ich heute morgen aufwachte, dachte ich fast, ich hätte das alles nur geträumt. Nie bin ich so erstaunt gewesen wie gestern, als du plötzlich dastandest. Ich wußte, daß du auf ‚Blaufall' warst, aber . . ."

„Wieso wußtest du das?"

„Kirsten Roed hatte es erzählt. Sie hatte sich für den Sommer bei der Post einstellen lassen und hatte deine Umadressierung bekommen."

„Ach so, ja, ja."

„Aber weißt du, ich war so überzeugt davon, daß du dort als Gast wärest."

„Der Himmel bewahre mich! Es war schon schlimm genug, als Kellner dort zu sein. Pfui Kuckuck, war das eine Zeit!"

„Ja, aber Gunnar, warum . . .?"
„Um Geld zu verdienen. Ich habe drei Jahre lang während der Sommermonate gearbeitet und besitze ein Sparkassenbuch."
„Ja, aber . . ."
„Ich habe in der Fabrik aufgehört, mußt du wissen. Ich konnte nicht mehr. — Hoppla! Ich mache die Eier schon fertig."
Der Minutenwecker hatte geläutet. Gunnar holte die Eier aus dem Wasser, hielt sie einen Augenblick unter die Leitung und legte sie dann in den Eierkorb.
„Wollen wir nicht auf Grete warten?"
„Sie kommt immer um halb sieben. Man kann die Uhr nach ihr stellen."
Das stimmte; denn gleich darauf kam zuerst Zottel, der ungestüm seinen Guten-Morgen-Gruß ablieferte; ihm auf den Fersen folgte Grete.
„Du liebe Güte, wie hab ich's gut!" sagte Grete lachend. „So ist es, wenn man erstklassiges Personal einstellt. Ich muß wohl schon bald darüber nachdenken, was für Zeugnisse ich euch ausstelle."
„Hört mal zu", sagte Gunnar, als der ärgste Hunger gestillt war. „Sollten wir nicht einen Schlachtplan entwerfen, bevor die Gäste anfangen, sich zu rühren?"
„Genau das wollte ich vorschlagen", sagte Grete. „Sag du mal deine Vorschläge!"
„Also", begann Gunnar geschäftsmäßig, „ich übernehme die schwere Arbeit, das ist ganz klar, mache alle Besorgungen mit dem Auto . . ."
„Ich kann bezeugen, daß Gunnar glänzend fährt", warf Nina ein.
„. . . hole die schwere Ware heran und dergleichen, halte den Wagen in Ordnung, trage Koffer und Milcheimer und Abfalleimer und so etwas; das versteht sich von selbst.

Dann das Bedienen. Für Bella ist es natürlich zuviel ... Übrigens, wo ist sie eigentlich?"

„Sie schläft", sagte Grete. „Das arme Ding! Sie ist überanstrengt. Ich habe ihr gesagt, sie brauche heute nicht vor acht zu erscheinen."

„Sehr schön! Ich übernehme das Bedienen, und Bella geht mir dabei zur Hand, nicht wahr? So hast du es dir doch gedacht, Grete?"

„Ja, ja, genauso. Wenn du zufällig noch ein bißchen Fremdsprachen könntest ..."

Da lächelte Nina. „Gunnar ist in Fremdsprachen tüchtiger als ich mit meinem falschen Hasen und du im Autofahren, Grete."

„Ach, Himmel, nein, welch ein Glück! Wir kriegen doch Samstag ein amerikanisches Ehepaar und einen argentinischen Forellenangler."

„Zurück zum Arbeitsplan", sagte Gunnar energisch. „Nina kocht also und stellt die Einkaufslisten zusammen. Grete, du übernimmst alle Büroarbeiten."

„Ja, das ist nötig", seufzte Grete. „Du ahnst nicht, was sich da alles aufgestapelt hat. Diese elende Rechnungsschreiberei und all die Anmeldescheine von den Gästen, die an das Amt geschickt werden müssen. Das Ausgabenbuch! Du glaubst nicht, wie das vernachlässigt ist."

„Ja, das ist wichtig, Grete. Du mußt das machen, und daher mußt du die Küche und all das andere uns überlassen."

Ninas Herz macht wieder einen Hüpfer. Es war zu schön, der andere Teil in Gunnars „Uns" zu sein!

„Die ‚begabte Bellina' ist doch wohl wenigstens so begabt, daß sie Staub wischen und die Fußböden aufwischen kann."

„Das kann sie, und sie kann die Zimmer der Gäste machen, soweit sie es nicht selber tun. Die jüngeren werden allein damit fertig. Das sind gute Kameraden. Die hatten begriffen, daß es für uns zuviel war, als Mami krank wurde."

„Ja, übrigens deine Mutter, Grete. Wir müssen es doch so einrichten können, daß du sie ab und zu einmal besuchst."

„Ja", sagte Grete leise, „das würde ich natürlich schrecklich gern tun — ich darf nämlich abends außerhalb der Besuchszeit rein; die Oberschwester kennt unsere Verhältnisse."

„Das ist fein. Wir werden die Gäste schon gut versorgen, während du weg bist. Und nun noch das Geschirrspülen. Darum kommen wir ja nicht herum. Ist das sonst deine Arbeit, Nina? Oder . . ."

„Ja, in der Regel, denn weißt du . . ."

„Dann machen wir es so wie gestern, du spülst, und ich trockne ab."

„Und du übernimmst die Verwaltung", lächelte Grete. „Das ist Maßarbeit, Gunnar. Man merkt, du kennst den Betrieb mit Hotels."

„Ja, wohl bekomm's! Jetzt müssen wir zusehen, daß wir an die Arbeit gehen."

Kurz darauf stand Gunnar auf dem Hofplatz und wusch das Auto. Bella räumte im Wohnzimmer auf und wischte im Flur und in der Diele auf. Nina und Grete machten das Frühstück.

Als die Gäste sich nach und nach einstellten, war Gunnar in einem tadellos weißen Jackett auf seinem Platz. Er schenkte den Kaffee ein und brachte die Eier. Er hatte das Auge aufmerksam auf das kalte Büfett gerichtet und schickte Bella los, um die Platten neu zu füllen, sobald es nötig war.

Und Bellina stand treuherzig und rührend dabei und sah ihn an mit großen Augen, in denen tiefe Bewunderung zu lesen war. Hätte er zu ihr gesagt, sie solle sich selber für Aufschnitt in Stücke schneiden — sie hätte wahrscheinlich ein Messer ergriffen und auf der Stelle angefangen.

Zum erstenmal seit Frau Jerndals Unfall ging die Arbeit im Haus ohne Nervosität vonstatten. Jetzt wußten die vier, daß sie es schafften. Sie arbeiteten alles weg, nichts blieb liegen, und die Arbeit wurde gewürzt mit munterer Unterhaltung und guter Laune. Und Nina freute sich den ganzen Vormittag auf etwas, worauf sich die wenigsten Frauen in der Welt freuen — nämlich auf den Abwasch.

Die Stunden vergingen wie im Flug. Der Lunch wurde zurechtgemacht und aufgetragen und verspeist. Die Stimmung im Eßzimmer war die allerbeste, und viele Blicke folgten dem neuen jungen Kellner, der so gut aufpaßte, der so höflich und aufmerksam war, und der der Schweizer Dame in fließendem Französisch und dem englischen Ehepaar in einem ausgezeichneten Englisch Bescheid gab.

Die jungen Mädchen richteten an ihren Frisuren und schauten verstohlen in den Taschenspiegel, und in die Augen der älteren Damen trat ein mütterlicher Ausdruck. Die Ausländer lebten auf und fragten diesen hübschen jungen Mann nach tausend Dingen, die wenig oder gar nichts mit dem Lunch zu tun hatten.

Kurzum, Grete konnte mit Befriedigung einen entscheidenden Erfolg verzeichnen.

Bald darauf stand der korrekte junge Kellner in der Küche und trocknete Geschirr ab, und Nina wünschte zum erstenmal in ihrem Leben, daß sie doppelt soviel schmutziges Geschirr aufzuwaschen hätte.

„Gunnar, du mußt mir jetzt den Zusammenhang erklären", sagte sie, als die Gläser blank poliert waren und das Geschirr an die Reihe kam.

„Welchen Zusammenhang?"

„Nun, mit dir! Oder findest du es so interessant, als lebendes Geheimnis herumzulaufen?"

„Nein, bloß nicht! Lassen wir doch alles Geheimnis beiseite. Was willst du denn wissen?"

„Weshalb du von deinem guten Onkel weggegangen bist. Dir ging es dort doch so gut wie der Made im Speck."

„Stimmt! Aber ich bin nicht zur Made geschaffen."

„Wozu bist du denn geschaffen?"

Über Gunnars Gesicht huschte flüchtig ein grauer Schatten. „Mein Vater sagte, ich sei dazu geschaffen, sein Erbe zu verwalten."

„Was war dein Vater?"

„Dozent für orientalische Sprachen."

„Wa-a-as?"

„Vater war annähernd ein Sprachgenie. Für ihn war es selbstverständlich, daß man die ‚drei Weltsprachen' perfekt konnte. Und eine Selbstverständlichkeit, daß man Latein lernte, den Schlüssel zu allen Sprachen, wie du weißt. Und mein Vater unterrichtete mich. Und ich hatte ein glühendes Interesse. Und es war selbstverständlich, daß ich Sprachen studierte. Und dann ..." Gunnar versagte die Stimme.

Nina nickte still. „Ich weiß. Du hast deinen Vater verloren."

„Ja. Ich hatte mein Abitur gemacht, und ich wollte Philologie belegen — da starb mein Vater. Und meine Mutter zog nach Trondheim. Sie hat eine Kusine dort und konnte die Wohnung mit ihr teilen. Und meine Mutter wollte so gern in Katjas Nähe sein."

„Ist das deine kleine Schwester?"

„Ja, sie ist zwölf Jahre alt und — in der Blindenschule sagen sie, sie sei blendend begabt. Sie wird ganz sicher ihr Abitur machen können, und für ein kluges Mädchen gibt es ja viele Möglichkeiten, Gott sei Dank, selbst wenn sie blind ist. Aber, verstehst du, es wurde für mich natürlich etwas problematisch. Einiges Geld hatte ich durch diese Sommerbeschäftigung zusammengekratzt. Doch allein in Oslo zu wohnen ist teuer, und dann geschah es, daß Onkel Espetun aufkreuzte und fragte, ob ich in seiner Fabrik arbeiten wollte. Er würde dann meine Handelsausbildung bezahlen. Meine Mutter war ganz erleichtert und freute sich sehr. Und ehe ich mich noch umgesehen hatte, sagte ich: Ja, danke schön! Ich dachte, vielleicht könnte ich dann die Sprachen als Hobby beibehalten und in meinen freien Stunden lernen und studieren. Ich stellte mir eine ungestörte kleine Bude irgendwo in Lillevik vor. Ich wollte mir Geld zurücklegen und dann vielleicht in zwei Jahren mit dem Sprachstudium anfangen. Dann kam ich nach Lillevik. Und wie es dort war, das weißt du. Ich wurde in Villa Rosenhöhe untergebracht und hatte es wie ein Prinz — und wurde so verwöhnt, daß ich mich am liebsten übergeben hätte. Das erste, was ich tun mußte, war Auto fahren lernen.

Und als mein Onkel mich gefragt hatte, ob ich in der Fabrik arbeiten wollte, dachte ich, er meinte als Arbeiter. Aber ich wurde in ein Büro gesteckt mit einem dicken Teppich und Mahagonimöbeln, als so 'ne Art Juniorchef."

„Ja, weißt du... dein Onkel hat doch keine Kinder, da..."

„Ja, ich verstehe ja, daß er mich unter allen Umständen zu seinem Sohn und Erben ummodeln wollte", sagte Gunnar. „Aber ich hatte nicht die Absicht, mich in Watte packen zu lassen und ein Luxusleben zu führen, in einem Mahagonisessel zu sitzen und ein paar ausländische Briefe zu schreiben, die jeder x-beliebige Handelsschüler kaufmännisch besser schreiben kann. Und dann kam als drittes noch das Gehalt hinzu, das ich bekam. Ich konnte es nicht mehr aushalten, Nina. Und dieser schreckliche Ball, den er unter allen Umständen für mich geben wollte! Ich mache mir den Kuckuck was aus Bällen. Ich wollte Ruhe haben. Ich wollte lernen. Ich saß da mit meines Vaters Büchern und habe sie nicht ein einziges Mal aufgemacht. Und dann konnte ich ja schließlich auch nicht auf den Tisch hauen. Der Onkel war rührend gut. Und hat mich mit seiner Mildtätigkeit und Güte an Händen und Füßen gebunden..."

Nina erinnerte sich plötzlich an Gunnars Gesicht, als sein Onkel ihm auf dem Ball etwas zugeflüstert hatte und er die Gäste mit einer trockenen und ernsten Stimme begrüßte.

„Darum bist du so furchtbar schweigsam gewesen", sagte sie.

„War ich das denn? Ja, du magst recht haben. Weißt du, ich lief ja den ganzen Tag herum und beherrschte mich bloß in einem fort. Im Büro hatte ich die größte Lust, die Korrespondenzmappen zuzuschlagen und zu sagen: Laßt mich hier raus! Laßt mich in der Fabrik für tarifmäßigen Lohn arbeiten! Laßt mich doch fühlen, daß ich ein freier Mensch bin! Und zu Hause auf Villa Rosenhöhe hatte ich die größte Lust, mich in meinem Zimmer einzuschließen und zu lernen. Aber dann mußte ich Auto fahren. Und dann mußte ich den Gästen vorgeführt werden. Und dann hieß es immer: ‚Mein Junge' und ‚Lieber Gunnar' und ‚Der zukünftige Chef', daß es nur so rauschte ... Und dann mußte ich mit auf diese Reise nach Holland."

„War die denn auch nicht nett?" fragte Nina.

„Nett? Ich weiß nicht. Nein, die war nicht nett; denn ich dachte die ganze Zeit an meine letzte Auslandsreise ..."

„Nach Paris?"

„Ja. Als ich sechzehn war, fuhr ich mit meinem Vater nach Paris. Er nahm an einem Kongreß an der Sorbonne teil, und ich durfte mit. Wir hatten sehr wenig Geld. Wir wohnten in einem billigen kleinen Hotel garni und tranken mordsdünnen Café au lait und aßen trockene Brioches. Aber was haben wir alles zu sehen bekommen! Ich werde mein ganzes Leben lang dankbar an diese Reise zurückdenken. Damals verliebte ich mich in die französische Sprache. Aber das allerlustigste war, meinen Vater mit fremden, schlitzäugigen und dunkelhäutigen kleinen Sprachwissenschaftlern in ihrer eigenen Sprache reden zu hören. Verstehen konnte ich nicht allzuviel, kann ich dir sagen, aber ich beschloß im stillen, daß ich meines Vaters Arbeit fortsetzen wollte. Ich wollte dasselbe studieren wie er. Ich wollte seine wissenschaftlichen Abhandlungen lesen ... Mein Vater war ein großartiger Mensch. Er war der klügste Mann, den ich je gekannt habe, und er war mein bester Freund."

Wieder unterbrach Gunnar sich ganz plötzlich. Er holte sich ein neues Handtuch und konzentrierte sich eifrig darauf, die großen Anrichteplatten abzutrocknen.

„Du, Gunnar", sagte Nina kurz darauf, „ich verstehe ja nur zu gut, daß du gern dein Studium zu Ende führen möchtest. Aber entschuldige, wenn ich so dumm frage: Was willst du denn werden? Ich meine, orientalische Sprachen zu studieren muß interessant sein. Aber wovon willst du leben?"

„Ja, das ist eben die Frage. Ich würde gern Philologie studieren, und dann würde es so kommen, daß ich unerzogene Kinder in irgendeiner Schule unterrichten müßte und mein eigenes privates Studium nebenher betreiben, bis ich vielleicht meinen Doktor machen könnte und irgendwie als Dozent angestellt würde oder . . ."

„. . . oder als Professor."

„Nun ja, man kann sich das Ziel nicht hoch genug stecken."

„Und du hast nie daran gedacht, etwas anderes zu studieren als Philologie?"

„Doch. Komischerweise habe ich immer ein wenig mit dem Gedanken gespielt, Jura zu studieren. Aber jetzt weiß ich gar nicht, was ich machen werde. Wenn ich auch allerlei Hoteltrinkgelder von diesen drei Sommerferien gespart habe, so reichen die noch nicht für ein ganzes Studium, und etwas von dem Geld hatte ich auch schon verbraucht, ehe Onkel Espetun auftauchte und mich mitsamt allen Auslagen übernahm, vom Führerschein bis zum maßgearbeiteten Smoking."

„Aber du, Gunnar, wenn ich noch etwas fragen darf . . ."

„Frag nur. Du hast mich ja jetzt ohnehin soweit gekriegt, daß ich alle meine Sorgen ausgekramt habe."

„Ich kann bloß eines nicht verstehen. Wenn dein Vater Dozent an der Universität gewesen ist, dann muß er doch gut verdient haben und . . ."

„Oh, reich kann man davon nicht werden, glaub das bloß nicht. Hast du jemals von einem reichen Gelehrten gehört? Ich nicht! Der Reichtum, der sitzt bei Gummischuhfabrikanten und Unterhosenfabrikanten oder Schuhwichse-Direktoren. Nein, mein Vater mußte jeden Pfennig umdrehen. Aber selbstverständlich, hätten wir ihn behalten dürfen, dann hätte ich studieren können. Nun sitzt meine Mutter mit ihrer Witwenpension da — und mit Katja. Und Katja muß eine Ausbildung bekommen, wenn — ja, auch wenn ich selber keine bekomme."

Jetzt ging die Tür. Es war Bellina.

„Da sind zwei Gäste gekommen, die können kein Norwegisch. Die reden so komisch, und ich kann die Grete nicht finden."

Gunnar lächelte und zog seine Jacke über. „Da muß ich wohl sehen, ob ich dir helfen kann, Bella. Hoffentlich reden sie nicht gerade Mesopotamisch."

Gunnar ging nach oben und kam nach ein paar Minuten wieder. „Wir müssen eine Kanne Kaffee und Butterbrote herbeizaubern, Nina. Es sind zwei Engländerinnen, die von Bekkum herauf zu Fuß gegangen sind, und nun brauchen sie etwas zur Stärkung, ehe sie den Rückmarsch antreten."

Schade, daß wir gestört wurden, dachte Nina. Ich hätte so gern noch mehr über Katja erfahren.

Aber dann lächelte sie. Gunnar war ins Reden gekommen. Er erzählte offen von seinen Interessen, von seinen Plänen und vom Vater. Er würde sicher auch noch mehr von Katja erzählen.

So kann man sich irren, dachte Gunnar, während er den Hofplatz säuberte. Wie ist es bloß möglich, daß diese alberne Liese aus Lillevik ein so frisches Mädchen sein kann? Und wie sie arbeitet und wie schnell ihr alles von der Hand geht!

Gunnar lächelte. Nichts, aber auch gar nichts war von dem

affektierten Ding übrig, das einen Onkel hatte, der „Psychopath“ war, und das davon redete, Eulen nach Rom tragen zu wollen. Er erinnerte sich ihrer tränenfeuchten Augen, als sie die kleine blinde Ellen anschaute. In diesem Augenblick hatte Nina wahrscheinlich etwas von sich selber gezeigt.

Aber dann kam der Abend mit dem Fest in der Haushaltungsschule, wo sie sich so schrecklich aufspielte.

Plötzlich hielt Gunnar in seiner Arbeit inne. Er stützte sich auf die eiserne Harke und vergaß weiter zu harken.

War es etwa seine eigene Schuld gewesen? War es seine eigene Unzugänglichkeit, durch die Nina unsicher und nervös und affektiert wurde?

Denn jetzt war sie anders — ganz, ganz anders.

Was hatte Grete doch noch im Auto gesagt?

„Wäre nicht eine Freundin aufgetaucht und hätte mir geholfen, dann hätte ich den ganzen Laden zumachen können. Sie ist fabelhaft nett und tüchtig, und sie ist die allerbeste Kameradin unter der Sonne.“

Gunnar freute sich, daß er Nina wiedergetroffen hate. Nicht die Nina, die er aus Lillevik kannte, sondern diese: diese sommerfrohe, prächtige Nina.

Es muß auch solche geben

„Äh“, machte Bellina, und dann räusperte sie sich, und dann kam nichts weiter.

„Na, Bella, was hast du auf dem Herzen?“ fragte die hellhörige Grete.

„Ach ja, äh ... es ist so ... daß ... daß ... daß mein Vetter in Bekkum heute Geburtstag hat ... und da wollte ich fragen, ob ich vielleicht heute meinen freien Abend haben könnte und ... lange bleib ich nicht ... aber ich dachte vielleicht ...“

„Doch. Es ist sonnenklar, daß du heute deinen freien Abend haben kannst, gute Bella“, sagte Grete. „Du hast dich in dieser ganzen schwierigen Zeit so großartig benommen, warst immer nett und willig.“

„Wißt ihr was?“ sagte Gunnar. „Ich finde, Grete, du solltest heute abend nach Bekkum fahren und deine Mutter besuchen. Dann kannst du Bella gleich mitnehmen. Ich werde auf das Haus aufpassen, und Nina paßt auf Zottel auf.“

„Und Zottel paßt auf uns auf“, sagte Nina strahlend. „Wirklich, Grete, Gunnar und ich sind hier so gut eingearbeitet, daß wir den Kram schon schmeißen werden.“

„Ja, wenn ihr das wirklich tun wollt.“

„Das versuchen wir dir ja gerade klarzumachen. Und grüße deine Mutter und sage ihr, alles geht wie am Schnürchen.“

„Ja, dank dir und Gunnar“, sagte Grete. Ihre Augen leuchteten vor Freude und Dankbarkeit. „Na schön, ich sage also vielen Dank. Und Bella, wir fahren um halb acht. Ist das zu schaffen? Dann ist das Essen hier vorüber, und du kannst um acht Uhr bei deinem Vetter sein.“

„Oh, vielen Dank auch! Das ist wunderbar“, sagte Bella, drehte sich auf dem Absatz um und stürzte in ihre Kammer hinauf, um nach einer Weile zurückzukehren, den ganzen Kopf voller Lockenwickler.

Nina hatte recht. Die Arbeit ging wie am Schnürchen. In das ganze Haus war ein fröhlicher und sicherer Rhythmus gekommen. Und es war gerade, als stecke dieser Rhythmus die Gäste an. Pünktlichkeit und Sauberkeit, gutes Essen und freundliches Entgegenkommen und tadellose Bedienung: Was konnte man sich mehr wünschen?

Und Grete hatte ihre schriftlichen Arbeiten nachgeholt. Das Haushaltungsbuch und die Buchführung der Pension waren in Ordnung. Bella hatte endlich gelernt, jede einzelne Bestellung in das kleine Notizbuch einzutragen, das Grete ihr in ihre Schürzentasche gesteckt hatte. Da stand in Bellas großer Kinderschrift: „Heer Lasen 10 sigareten und ein Kaffe aufs zimer für Fräulein Dyring“, und daneben sauber und richtig das Datum. O gewiß, es war kein Zweifel möglich, Bellas Intelligenz nahm zu.

„Ach, da fällt mir ein“, sagte Grete plötzlich, „heute soll ja das amerikanische Ehepaar kommen. Da kannst du dich betätigen, Gunnar. Ich bin heilfroh, wenn ich keine Fremdsprachen zu sprechen brauche.“

„Amerikanisch ist ja nun nicht gerade das Schönste, was ich kenne“, lächelte Gunnar. „Aber wir werden es wohl schaffen, das heißt, wenn die Amerikaner mein vornehmes Oxford-Englisch verstehen.“

„O du gräßlicher Snob!“ lachte Grete. „Übrigens steht da ein Sack voll schmutziger Wäsche, die muß zu Malene Fjell nach ‚Blaufall‘ hinaufgefahren werden, daß du es weißt.“

„Wie das gnädige Fräulein befehlen! Malene Fjell — ach ja, ich weiß schon, die das kleine rote Haus hinter dem Krämer hat mit den Kaninchen und einer Ziege am Strick.“

„Richtig, und mit einer Waschmaschine im Keller. Das ist das Schlaueste, was Malene jemals gemacht hat, sich diese Waschmaschine anzuschaffen. Jetzt wäscht sie für alle Leute hier herum in den Hütten, ebenso wie für uns. Also mach, daß du wegkommst. Je eher, desto besser. Du mußt rechtzeitig zurück sein, um beim Lunch bedienen zu können.“

„Und fahre nicht etwa hinterher ins Hotel ‚Blaufall‘!“ neckte Nina.

„Nein, da brauchst du keine Angst zu haben“, sagte Gunnar.

„Denke nur, wenn die hübschen Mädchen dort oben sehen, wie du Säcke mit schmutziger Wäsche in Malenes Keller trägst“, sagte Nina. „Was meinst du, was deine kleine französische Verehrerin dann sagen würde?“

Gunnar drehte sich rasch um. „Was in aller Welt weißt du von dem kleinen französischen Affen?“

„Nichts, gibt es denn über sie etwas zu wissen?“

„O nein, nichts weiter, als daß ich ihretwegen aus ‚Blaufall‘ hinausgekegelt bin.“

„Was? Und dabei liebte sie dich so heiß!“

„Mindestens tat sie so. Und das fiel einem der Jünglinge auf die Seele, der ständig um sie herumscharwenzelte. Und er glaubte, es sei meine Schuld. Oder er tat nur so, um seinen Ärger loszuwerden, weil sie ihn schlecht behandelte. Er wurde so unverschämt, daß ich schließlich platzte vor Wut!“

„Vor Wut?“

„Ja, ich habe ihm im besten Französisch gesagt, was ich von dem Dämchen hielt. Und als der Direktor gerade dazukam, wiederholte ich mit Wonne die Rede in leichtverständlichem Norwegisch. Und da wurde ich also rausgesetzt. Nach der Geschichte an die frische Luft zu kommen war ein Genuß, wie man ihn selten erlebt, das kann ich euch nur versichern.“

„Also“, sagte Grete, „also darf ich vermuten, daß du dich geradezu freust, heute schmutzige Wäsche zu befördern.“

„Da vermutest du richtig.“

„Nimmst du Zottel mit? Er fährt so furchtbar gern Auto.“

„Na schön, meinetwegen. Wenn ich die Madame treffe, darf Zottel sie beißen, so viel er will.“

„Denkst du, Zottel hat einen so schlechten Geschmack?“

Gunnar verschwand pfeifend mit einem großen Sack schmutziger Wäsche auf dem Rücken, und Zottel hüpfte begeistert als erster ins Auto.

Nina und Grete blieben am Fenster stehen und sahen ihnen nach. „Feiner Kerl“, sagte Grete.

Draußen hupte es, und Grete lief wieder ans Fenster.

„Was ist denn nun los?“ fragte Nina, die mit dem Kopf im Küchenschrank steckte.

„Guck doch mal, das Auto! Ein Dollarmonstrum mit amerikanischer Nummer. Das müssen unsere Amerikaner sein — und Gunnar nicht zu Hause! Und ich kann mich mit dem Wuschelkopf nicht zeigen. Du mußt rauslaufen und sie in Empfang nehmen, Nina."

Nina seufzte und kam dem Befehl nach. Sie stand mit einem freundlichen und zuvorkommenden Lächeln auf der Diele, als die neuen Gäste zur Tür hereinkamen.

Nina blinzelte mit den Augen. Diese Erscheinung konnte unmöglich wahr sein! Eine sehr üppige Dame mit einem allzu kurzen Hals, um den eine in allen Farben glitzernde Kette geschlungen war; eine ebenso unwahrscheinlich funkelnde riesige Brosche; gelbblonde Löckchen, auf denen ein winziger Hut thronte; derbe, fleischige Arme, an denen es von Armbändern nur so klingelte und klapperte; kleine, fette Hände mit grünlackierten Fingernägeln und einer Unzahl von Ringen.

Und diese ganze gewichtige Person trippelte herein auf einem Paar Schuhe mit so hohen und so dünnen Absätzen, daß man jeden Augenblick glaubte, sie brächen mittendurch.

Hinter dieser Erscheinung kam ein Mann in einem grasgrünen Hemd und einem großen mexikanischen Strohhut.

„How do you do?" sagte die Dame und lächelte strahlend. Nina bemerkte, daß das Lächeln inmitten der Schminkmasse nett und gutmütig war. „Wir riefen aus Oslo an letzte Woche und bestellten Zimmer. Wir hatten die Absicht, hier zu stehen für eine Woche."

„Ich vermute: Mrs. Andrews", sagte Nina, die zu ihrer Freude entdeckte, daß sie norwegisch mit der Amerikanerin sprechen konnte.

„Yes, sure! Wieder daheim in Norwegen zum erstenmal seit dreißig Jahren!"

„Willkommen, Frau Andrews", Nina lächelte. „Wir glaubten, Sie seien Amerikaner wegen des Namens."

„O no, wir sind Norweger. Aber wir mußten unseren Namen ändern over there. Wir hießen Smörfjell. Und das war zu difficult to pronounce. Aber meines Mannes Vater hieß mit Vornamen Anders. Darum haben wir uns Andrews genannt. Sind Sie Fräulein Jerndal perhaps?"

„Nein. Aber Fräulein Jerndal kommt sofort. Darf ich Ihnen vielleicht inzwischen das Zimmer zeigen?"

Nina lächelte vor sich hin, als sie vorausging und dem seltsamen Ehepaar den Weg zeigte. Wie in aller Welt waren die ausgerechnet nach Sirili gekommen?

Die Antwort bekam sie, ehe sie es sich versah. Denn Frau Andrews war höchst mitteilsam, heiter, sanft und redselig.

„We will soviel wie möglich von dem alten Land sehen, bevor wir wieder leave", erklärte sie. „Zuerst dachten wir, uns eine möblierte Wohnung in Oslo für a year zu mieten. Aber jetzt will meine Schwester in Sarpsborg, daß wir mit ihr stehen sollen. Aber ehe wir gehen, sie zu sehen, wollen wir doch etwas herumfahren. Zuerst wollen wir uns hier in Sirili ausruhen, und dann wollen wir für ein weekend nach ‚Blaufall' gehen. — Aber nein, sieh doch nur, Julius. Ach nein, ist es nicht furchtbar gemütlich, diese karierten Bettbezüge, und dann welche Aussicht! Nein, ist es nicht lovely?"

Nina lachte, daß ihr die Tränen kamen, als sie wieder in der Küche war. Und während sie Grete von den neuen Gästen erzählte, kam Gunnar zurück und durfte mitlachen.

Aber er lachte weniger, als jetzt das Servieren beim Lunch losging. Als der warme Gang aufgetragen war, kam er in die Küche hinunter mit einer Platte kaltem Braten und einer Marmeladendose vom kalten Büfett.

„Bonbons für Zottel", sagte er kurz. „Der aufgeputzte Weihnachtsbaum hat mit seiner eigenen abgeleckten Gabel in fast alle Stücke reingepickt und der Ehemann in Grün ist mit seinem gebrauchten Teelöffel in der Marmeladendose gewesen. Das hier sind ja vielversprechende Aussichten für unsere Haushaltskasse."

Grete war nicht annähernd so erschüttert, wie man hätte erwarten sollen.

„Dergleichen kennen wir", sagte sie ruhig. „Das ist in unserer Rechnung mit einkalkuliert. Nur gut, daß Zottel Braten mag. Und die Marmelade bekommen sie morgen früh wieder auf ihren Frühstückstisch.

Die Leute, die nicht anständig essen können, sollen keine Gelegenheit haben, anderen den Appetit zu verderben. Aber natürlich, wenn sie anfangen, mit ihrem Besteck in den Schüsseln auf dem kalten Büfett herumzustochern, dann hört das Vergnügen auf."

„Nun haben wir also diese beiden und Frau Ludwigs gräßliche Kinder", sagte Nina.

„Man muß viel Sinn für Humor haben", sagte Grete.

„Den habe ich eigentlich auch", sagte Gunnar. „Aber da soll er nicht flöten gehen, wenn der Weihnachtsbaum und der Grüne solche Tischsitten entwickeln! Schmatzen tun sie auch."

Nina schüttelte den Kopf und lächelte. „Jaja! Es muß auch solche geben!"

„Nein, das muß es nicht", fuhr Gunnar auf. „Es gibt nicht einen Menschen, der schlechte Manieren haben *muß!*"

„Reg dich ab!" sagte Nina ruhig. „Du weißt sehr gut, was ich meine. Aber du solltest nicht deine Kräfte damit verschwenden, dich über Dinge zu ärgern, die du sowieso nicht ändern kannst."

„Ich staune bloß! Du redest ja geradezu gescheit", sagte Gunnar.

„Siehst du, das steckt an!" lächelte Nina. „Jetzt lauf!"

„Du", sagte Grete. Gunnar war mit der Soßenschüssel nach oben gegangen, und Bellina machte für einen neuen Gast ein Zimmer zurecht. „Ich habe den Eindruck, daß Jung-Gunnar schlechterdings in dich verliebt ist."

„*Was???*"

„Pst, nicht so schreien! Tatsächlich, das glaube ich. Du solltest seine Augen sehen, wenn er dich so von der Seite ansieht und du es nicht weißt."

„*Was?*"

„Jetzt hast du zweimal *Was* gesagt. Wäre es denn etwa so komisch?"

„Komisch ist gar kein Ausdruck! Es wäre komischer, als wenn du einen telegrafischen Heiratsantrag von Nasser oder Johnson bekämst."

„Du hast Ideen! Bist du denn so wenig eingebildet, Nina? Ich verstehe nicht, daß ..."

„Ach, du weißt nicht, Grete ... du ahnst ja nicht ..."

„Das tue ich offenbar nicht", sagte Grete. „Habt ihr euch etwa in Lillevik in den Haaren gehabt?"

„O nein, nicht in den Haaren, nein, Grete. Es ist nur so, daß ... daß ... ich kann dir nichts erzählen, denn da ist nichts zu erzählen. Aber daß Gunnar in mich verliebt sein sollte, das ..."

„Wollen wir wetten?"

„Ja, wenn du unbedingt ein Vermögen verlieren willst, dann von mir aus gern."

„Ich rede nicht von einem Vermögen. Aber ich wette mit Freude um eine Zwei-Pfund-Schachtel Konfekt."

„Ja, meinetwegen gern. Wie lange sollen wir auf die Entscheidung warten? Bis wir sechzig sind?"

„Nein, bis ihr hier weggeht."

„Ach, Grete! Bei dir piept's. Aber okay. Ich mag Konfekt viel zu gern, um eine Zwei-Pfund-Schachtel abzulehnen, die mir sozusagen in die Hand gesteckt wird."

Es war Abend. Das Essen war abgetragen. Die Gäste saßen satt und zufrieden beim letzten Rest des Nachtisches, und Grete meinte, daß sie jetzt mit gutem Gewissen fort könne.

Bella erschien mit dem Kopf voller Locken und einem märchenhaften Armband um das Handgelenk. Es bestand aus einer Menge farbiger Steine mit vielen Metallgehängen.

„Schauen Sie, was ich von der amerikanischen Dame bekommen habe! Ist sie nicht wirklich nett? Bloß weil ich es auf ihrem Tisch liegen sah, als ich drinnen war und die Betten abdeckte. Und dann sagte ich: Ih, wie fein, sagte ich, und dann sagte sie: So was habt ihr wohl nicht in Norwegen? Und dann sagte ich: Nein, das haben wir nicht — und dann steckte sie mir's an die Hand und sagte: Behalte du das nur, sagte sie, als einen Gruß aus Amerika. Oh, ich freue mich so sehr! Nein, ist sie nicht wirklich eine reizende Dame?"

Nina und Gunnar sahen sich gegenseitig an, als sich die Tür hinter Grete und Bellina geschlossen hatte. Sahen sich an und lachten hellauf.

„Sie ist doch aber reizend", sagte Gunnar.

„Wer, der Weihnachtsbaum oder die ‚begabte Bellina'?"

„Bella natürlich. Nein, ich kann mich unmöglich dazu entschließen, die Weihnachtsbaum-Dame reizend zu finden."

„Weißt du", sagte Nina langsam und nachdenklich, „weißt du, sie ist auf ihre Art auch reizend."

„Das muß dann eine ganz besondere Art sein", murmelte Gunnar.

„Nein, wirklich. Sie ist gutmütig, und sie ist großzügig, das sind doch gute Eigenschaften. Daß sie ein seltenes Exemplar ihrer Art ist und eine gräßliche Sprache spricht . . ."

„. . . und gräßliche Tischmanieren hat", ergänzte Gunnar.

„Ja, das ist natürlich nicht abzustreiten. Aber trotz allem hat sie doch etwas Versöhnendes an sich. Nein, Gunnar, ich muß jetzt mit dem Aufwaschen anfangen. Das Kaffeewasser kocht. Ich will ihn eben nur aufgießen. Bringst du dann die Tassen nach oben und Zucker und Sahne?"

„Sehr wohl, gnädiges Fräulein."

Gunnar brachte den Kaffee nach oben und war unwahrscheinlich schnell wieder unten. „Nanu? Hast du schon eingeschenkt?"

„O nein, das hat der Weihnachtsbaum übernommen. Du kannst es mir leaven, sagte sie, und ich war froh darüber."

„Magst du keinen Kaffee einschenken?"

„Ich mag mich lieber mit dir unterhalten, und heute abend, da wir allein sind, ganz besonders."

Ninas Herz machte einen Riesensprung. Nicht möglich, daß *dies* Gunnar war! Der stumme, abweisende Gunnar aus Lillevik!

Er nahm ein Gläsertuch und begann, die Gläser zu polieren, sobald sie aus dem Spülwasser herauskamen.

„Du, sag mir doch mal eins", sagte Gunnar. „Woher wußtest du das von der französischen Puppe auf ‚Blaufall'?"

Nina errötete und biß sich auf die Lippe. „Ich habe sie gesehen", antwortete sie kurz.

„Ja, aber wußtest du etwas von ihrem Interesse für mich?"

Nina überlegte einen Augenblick. Dann erzählte sie die Wahrheit, wie sie auf der Terrasse gesessen und Gunnars Stimme gehört hatte, als er mit der französischen Puppe redete; wie sie weggelaufen war, ohne Kaffee zu trinken; wie sie das Gespräch der beiden Mädchen an der Autobushaltestelle mit angehört hatte.

„Ich glaubte die ganze Zeit, du seist dort Gast, weißt du", schloß Nina.

„Ja, ich weiß es. Du mußt ja einen seltsamen Eindruck von mir gehabt haben."

Da lachte Nina. „Das hatte ich auch. Aber dafür hast du ja wirklich selber gesorgt."

„Kann schon sein. Aber, Nina, ich hatte auch einen seltsamen Eindruck von dir."

Nina errötete wieder, und sie verstand nur zu gut, was er meinte. „Von Lillevik her, meinst du?"

„Natürlich, woher sonst? Deine krampfhafte Art und

Weise, wie du dich mit mir unterhieltest und deine ganze Kriegsbemalung. Weshalb warst du so, Nina?"

„Weshalb warst *du* so?"

„Das weißt du, das habe ich dir erzählt. Weißt du, Nina, ein einziges Mal warst du ein wirklich netter, natürlicher Mensch. Das war in Lynghei, als wir das blinde Mädchen trafen."

„Gleichfalls, Gunnar. Es war auch das einzige Mal, da du natürlich warst und — und nett. Damals sah ich, daß du nett zu anderen sein konntest, und das war irgendwie ein Trost, wenn du auch nicht nett zu mir sein wolltest."

„Du hast meine Nettigkeit kaum herausgefordert. Außerdem, weißt du, für dich war ich der reiche und begehrte Kavalier. Ich wußte nicht, ob es meines Onkels Auto war oder ich."

„O pfui, Gunnar! Du solltest dich schämen! Mit oder ohne Onkel, mit oder ohne Auto, wäre ich ganz genauso . . ."

Nina stockte. Die Röte schoß ihr in die Wangen, breitete sich über die Stirn und über den Hals aus.

Gunnar legte das Geschirrtuch aus der Hand. Sanft nahm er ihr die Spülbürste fort, legte ihr den Arm um die Schulter und drehte sie zu sich herum, so daß er ihr gerade ins Gesicht sehen konnte.

„Nina", sagte er, und seine Stimme war leise und warm. „Nun bist du du selber. Nun bist du ehrlich, und so mag ich dich verdammt gern. Hast du den Mut, den Satz zu beenden, den du angefangen hast? Hast du den Mut, das zu sagen, was du dachtest?"

Nina hob den Blick und sah Gunnar in die Augen. Sie glänzten ihr entgegen, voller Wärme und Zärtlichkeit.

„Ja", flüsterte sie. „Ich habe den Mut dazu, denn es ist keine Schande, es einzugestehen. Ich dachte — auch wenn du keinen Onkel und kein Auto gehabt hättest, wäre ich genauso verliebt in dich gewesen."

Gunnar zog sie an sich. Jetzt war er an der Reihe, zu erröten. „Nun bin ich aber dran, Nina."

„Womit bist du dran?"

„Verliebt zu sein, du Dummchen! Jetzt, da ich dich kenne, jetzt, da du du selber bist. Du, mit deinem eigenen natürlichen, fröhlichen, fleißigen und kameradschaftlichen Wesen. Nein, Nina, daß ein Mensch sich so verändern kann, du kleine, kleine Nina, du . . ."

Er legte den Arm fester um ihren Hals, und keines von ihnen dachte daran, daß das Aufwaschwasser kalt wurde und daß die Gäste sicher auf eine neue Portion Kaffee warteten.

Sie mußten sogar noch eine Weile weiter warten; denn wie können zwei junge verliebte Menschen in dem Augenblick, da sie den ersten Kuß geben und empfangen, an etwas so Prosaisches wie Kaffee denken!

„Ich verstehe es nicht, Gunnar", flüsterte Nina. Sie saßen einander an dem kleinen Eßtisch in der Küchenecke gegenüber. Der Kaffee oben war getrunken. Gunnar hatte das gebrauchte Geschirr geholt, die Aschenbecher geleert und eine Packung Zigaretten zu Herrn Larsen hinaufgebracht, heiße Milch für Frau Pedersen und Selters für das Ehepaar Andrews. Jetzt war Ruhe — vorläufig. Und Nina hatte eine Extratasse Kaffee für sich selbst und Gunnar gemacht.

„Was verstehst du nicht?" Gunnars Hand legte sich auf die ihre.

„Daß du dir etwas aus mir machst. Ich bin doch so ganz, ganz alltäglich."

„Ein ganz alltägliches Mädchen, ja, ohne psychopathischen Onkel und ohne Eulen nach Rom!"

„O Gunnar! Du Scheusal! Wenn ich nur genügend Kraft hätte, dann würde ich dir eine Tracht verabreichen."

„Verzeihung! Es ist nicht anständig, einen Menschen an seine Schnitzer zu erinnern. Du bist also ganz alltäglich, aber du bist nett, Nina, und du bist fröhlich. Und wenn du dich nicht so furchtbar anstrengst, intellektuell zu sein, dann bist du entschieden intelligent."

„Das hört sich an wie weise Worte aus einer Zeitung. Du weißt: Was man so ganz unten in einer Spalte abdruckt, um sie auszufüllen."

„Ja, aber es ist auch ein bißchen ein weises Wort. Außerdem hat es gar keinen Sinn, ein Gefühl begründen zu wollen. Es *ist* ganz einfach da. Ich könnte ja ganz dasselbe sagen. Wie in aller Welt bist du darauf verfallen, dich damals in Lillevik für mich zu erwärmen?"

Nina überlegte. „Ich weiß es nicht, Gunnar. Ich weiß es tatsächlich nicht. Ich weiß nur, daß ich von dem Augenblick an, als ich dich sah, dir mit Haut und Haaren ausgeliefert war. Und wenn ich eine Krone bekommen hätte für jede Träne, die ich seitdem geweint habe, dann . . ."

„Ninachen, hast du sogar geweint meinetwegen?"

„Wie ein Wolkenbruch!"

„Aber jetzt weinst du nicht mehr, Nina?"

„Nein", sagte Nina, und ihre Lippen zitterten heftig.

„Laß dich angucken — aber, Menschenskind, genau das tust du ja gerade!"

„Ja", flüsterte Nina und bohrte ihr Gesicht in Gunnars weiße Kellnerjacke. „Ich kann nichts dafür. Ich freue mich so."

Gunnar strich ihr über das Haar und lächelte. „Du bist komisch, Nina", flüsterte er. Da blickte sie auf und klapperte mit den Augenlidern, damit die Tränen herunterfielen.

„Das ist ja gerade, was ich immer sage", flüsterte sie mit einem bebenden kleinen Lächeln. „Es muß auch solche geben!"

Sonnenaufgang

„Pst", flüsterte Nina.

Gunnar nahm sie bei der Hand, und sie schlichen auf Zehenspitzen die Treppe hinunter. Die Uhr unten auf dem Flur zeigte auf vier.

„Glaubst du, daß jemand deinen Wecker gehört hat?"

„Nein, ich war wach. Ich habe ihn abgestellt, ehe er anfing zu klingeln."

„Ich auch."

Sie sahen sich an und lächelten. Genau gleichzeitig waren sie aus ihren Zimmern gekommen, hatten sich auf dem Korridor getroffen, und nun schlichen sie hinaus.

Fräulein Dyring hatte am Abend vorher so begeistert vom Elchmoor gesprochen. „Es ist so wunderbar dort oben", hatte sie gestern gesagt. „Und so voller Frieden! Und die vielen Elchspuren, die ich gesehen habe! Aber leider kein einziges Tier!"

„Nein, da muß man bei Sonnenaufgang hingehen", hatte Grete erklärt. „Quer über das Moor führt ein Elchwechsel, und da pflegen sie frühmorgens hinzukommen. Um diese Jahreszeit kann man auch Kälber sehen."

Gunnar hatte Nina beiseitegezogen und sie gefragt, ob sie Lust habe. Sie könnten sich das Auto schnappen, meinte er, und die sieben, acht Kilometer bis nach oben fahren. Dann brauchte man nicht mehr als eine halbe Stunde bis zum Elchmoor zu laufen, und wenn sie um vier Uhr losführen, könnten sie ohne weiteres zurück sein, bis das Morgenfrühstück gerichtet werden mußte.

Sie schoben das Auto geräuschlos aus der Garage hinaus. Natürlich mußten sie leise sein, um niemand zu wecken.

Die Sonne war noch nicht aufgegangen. Aber ein kleiner roter Schein im Osten verriet, daß es nicht mehr lange dauern würde.

Die Straßen waren menschenleer; überall war es still. Einmal mußte Gunnar plötzlich anhalten, weil ein Eichhörnchen quer über die Straße lief. Er wandte den Kopf und lächelte Nina zu. Einen Augenblick ließ er das Steuer mit der Rechten los und drückte ganz schnell Ninas Linke. Dann fuhren sie weiter durch die stille Morgendämmerung.

„Bist du warm genug angezogen?" fragte Gunnar schließlich.

„Oh, und wie! Du siehst, ich habe die langen Hosen an und eine Strickjacke unter dem Anorak."

„Was hast du in der Schultertasche?"

„Das wirst du sehen, wenn wir ein bißchen weiter sind und du anfängst, Frühstücksgefühle zu bekommen."

„Du bist ein Prachtmädel, Nina, daß du auch daran gedacht hast."

Jetzt tauchte das „Blaufall"-Hotel ein Stück links über ihnen auf. Sie wechselten einen schnellen Blick und lächelten.

„Denk bloß, daß du dort auf der Terrasse gesessen hast, ohne daß ich es ahnte", sagte Gunnar. „Weshalb bist du eigentlich weggelaufen?"

„Du wirst lachen, wenn ich es dir sage. Ich war so garstig."

„Garstig?"

„Ja, eben garstig! Ich wollte nicht, daß du mich so sehen solltest, mager wie ein Gespenst und blaß und häßlich. Ich war so lange krank gewesen."

„Du? Krank? Ach du Armes, Kleines! Ja, ich fand auch, du seiest sehr viel schlanker geworden. Aber ich dachte, das käme von der vielen Arbeit auf Sirili."

„Ach wo, im Gegenteil! Nachdem ich angefangen hatte, dort zu arbeiten, habe ich zugenommen. Ich fühle mich dabei wohl. Weißt du, ich koche für mein Leben gern, und das ist ja auf Sirili meine Hauptarbeit."

Gunnar schwieg einen Augenblick. Dann fragte er: „Du, Nina, weshalb willst du eigentlich aufs Gymnasium gehen?"

„Ich weiß nicht recht."

„Du warst neulich so ehrlich, als ich dir eine sehr indiskrete Frage stellte. Würdest du heute auch ehrlich sein?"

„Ich will es versuchen."

„Eigentlich hast du viel mehr Lust, nach Oslo zu gehen und weben zu lernen, so wie du es ursprünglich geplant hattest. Du bist auf die Sache mit dem Gymnasium meinetwegen gekommen. Stimmt das?"

Nina wurde rot und sah nieder. „Ja, Gunnar, das ist wohl richtig."

„Aber meinetwegen brauchst du es nicht zu tun. Ich mag dich am liebsten, wie du bist. Bleib, wie du bist, Nina. Spring nicht aus deinem Geleise, um einem anderen Menschen zu imponieren. Außerdem würde es mir nicht die Spur imponieren, wenn du aufs Gymnasium gingst. Weshalb sollst du die Schulbank drücken und Chemie und Biologie und Mathematik lernen, wenn du vielleicht besser an einen Webstuhl paßt? Ich vermute, du hast auch Begabung dafür, weil du doch dazu entschlossen warst."

„Ja", sagte Nina, „das habe ich, glaube ich. Zeichnen und Handarbeit sind immer meine besten Fächer gewesen. Ja, und Haushalt."

„Na siehst du! Man muß seinen Beruf nach der Begabung auswählen, die man mitbekommen hat, Nina."

Nina schwieg lange.

Schließlich hob sie den Kopf. „Du hast recht, Gunnar. Wenn ich mit Farben arbeiten darf und mit Mustern und Nadel und Faden und Stricknadeln ..."

„Und Weberschiffchen und Kochlöffeln und Bratpfannen", ergänzte Gunnar.

„... und Backbrett und Rollholz", lächelte Nina, „dann bin ich glücklich. Und du hast recht; ich glaube nicht so unbedingt, daß Chemie und Mathematik mich glücklich machen würden."

„Das ist genau das, was ich meine."

„Ich schreibe heute an meinen Vater, Gunnar. Ich frage ihn, ob es noch möglich ist, mich umzumelden. Ich bin allerdings ein schwankendes Rohr im Winde. Aber meine Eltern werden das wahrscheinlich verstehen."

„Eltern verstehen oft viel mehr, als wir glauben", lächelte Gunnar. „So — hier geht es nach rechts hinüber. O weh, was für ein rumpeliger Weg! Wenn das nur gut geht, dann geht alles gut. Und wie ich nachher hier wenden soll, das mag der Kuckuck wissen."

Kurz darauf lief die Straße in einen Fußsteig ein, und sie stiegen aus dem Wagen. Und dann trabten sie in der kühlen Morgenluft zum Elchmoor hinüber, dort, wo der Morgendunst in grauen Schwaden dicht über den Grasbuckeln lag.

Sie gingen geräuschlos und hüteten sich, auf einen Zweig zu treten. Der Pfad führte durch einen Wald.

Dann lichtete sich der Wald, und das Moor lag vor ihnen.

Gunnar zeigte auf einen Stein, und sie setzten sich wortlos nieder. Ihre Gesichter waren nach Osten gewandt. Es wehte ein ganz leichter Wind, und sie hatten ihn im Gesicht. Dann warteten sie; warteten schweigend. Gunnar hatte Ninas Hand genommen, und so saßen sie still beieinander.

Der Himmel im Osten rötete sich immer mehr. Und dann stieg ein rotgoldener Bogen über den Horizont heraus, und im selben Augenblick gewahrten sie am Waldrand auf der anderen Seite irgend etwas, was sich bewegte.

Der Druck von Gunnars Hand wurde fester. Beide starrten unverwandt quer über das Moor.

Dort kam etwas Großes, Dunkles. Es löste sich aus dem Waldschatten heraus. Es nahm Gestalt an — ein mächtiges Tier, ein Elchbulle mit einem schönen, ausladenden Geweih. Langsam kam er über das Moor gegangen, sah sich um, hob den Kopf und schnob. Dann röhrte er kurz und tief. Es war, als wollte er irgend jemandem Bescheid geben, daß die Luft rein sei. Denn im nächsten Augenblick rührte sich abermals etwas am Waldrand, und jetzt kam eine Elchkuh auf ihren langen Läufern gemächlich gezogen und dicht hinter ihr . . .

„Oh", flüsterte Nina. Aber sie flüsterte es so leise, daß es nur wie ein Hauch war.

Denn hinter der Elchkuh kam ein Kalb, ein drolliges, kleines Kalb mit langen Läufen, das sich dicht an die Mutter drängte und tüchtig trabte, um mit ihr Schritt zu halten.

Und im nächsten Augenblick kamen noch eine Elchkuh und noch ein Kalb.

Nun hatten sie sie gerade vor sich im Moor. Die Tiere merkten offenbar nicht, daß sie beobachtet wurden. Der Wind stand ja auch so günstig, wie es gar nicht besser sein konnte. Die Kälber knapperten vorsichtig an den Weiden; die ausgewachsenen Tiere bohrten den langen, seltsam gebogenen Äser ganz tief ins Erdreich. Der Elchbulle schüttelte den Grind mit dem mächtigen Geweih, dann zog er etwas aus dem Moor heraus — eine nasse, schwarze Wurzel, die er mit gesundem Appetit zu äsen begann. Beide Kühe taten es ihm nach. Ab und zu äugten sie nach den Kälbern. Dann bohrten sie wieder nach Frühstücksleckerbissen im Moor.

Nina wagte kaum zu atmen. Es war das erste Mal in ihrem Leben, daß sie der Natur so nahe war; das erste Mal, daß sie Wild in wirklich wildem Zustand sah.

Eins der Kälber stolperte zum Muttertier hinüber und bohrte den kleinen Grind in seine Weichen, um an die lebensspendende Milchquelle heranzukommen. Und die Mutter stand still und äste an ihrer Wurzel und ließ das Kalb trinken. Sie standen wie Schattenrisse gegen die rote Sonne. Nina wechselte blitzschnell einen Blick mit Gunnar.

Die Elche zogen langsam über das Moor nordwärts weiter, und die Sonne stieg und stieg, und es wurde um sie her hell.

Endlich wagte Gunnar zu flüstern: „Nina, ich habe einen Mordshunger."

Nina lächelte. So leise sie nur konnte, öffnete sie die Schultertasche und holte ein Paket mit Butterbroten heraus und eine Thermosflasche mit Kaffee.

„Du bist ein Wunder an Umsicht", flüsterte Gunnar. „Wann hast du das zurechtgemacht?"

„Gestern abend, nachdem alle im Bett waren", flüsterte Nina zurück.

Niemals hatte eine Mahlzeit ihnen so gut gemundet, wie diese Butterbrote an dem stillen, kühlen Morgen zwischen Wald und Moor.

„Pst", sagte Nina. Sie waren mit dem Essen fertig und hatten ein Weilchen schweigend dagesessen, die Gesichter der Sonne zugewandt, die jetzt mit ihrer ganzen roten Scheibe über dem Horizont stand. Da raschelte es auf dem Waldboden dicht daneben, und sie wandten die Köpfe nach dem Geräusch. Ein schwarzer Kopf mit einem weißen Streifen von der Stirn bis zum Rüssel wurde für einen Augenblick sichtbar. Dann folgte ein kurzbeiniger grauschwarzer Rumpf, und die ganze Erscheinung verschwand hinter einem Grasbuckel und wieder in den Wald hinein.

Gunnar preßte Ninas Hand. „Weißt du, was das war? Ein Dachs. Das ist das erste Mal in meinem Leben, daß ich einen Dachs in freier Natur sah. Ich habe nur mal einen im Zoo gesehen."

Nina lächelte ihm zu. „Du — dies ist das Schönste, was ich je erlebt habe. Hier mit dir zusammen zu sitzen und irgendwie ... so ... so ..."

„... eins mit der Natur zu sein", half Gunnar nach.

„Ja, genau das! Du, ich bin so froh, daß du diesen Gedanken gehabt hast. Weißt du, in einem solchen Augenblick finde ich, daß man mit allem und allen gut Freund ist. Es ist fast so, als könnte ich auf niemanden böse sein."

Gunnar schwieg ein Weilchen. Dann sagte er langsam: „Es muß schön sein, ein solches Gefühl zu haben."

„Fühlst du es nicht auch so? Bist du auf jemanden böse?"

„Böse? Das ist vielleicht zuviel gesagt. Aber es gibt Menschen, über die ich mich ärgere."

„Das Ehepaar Andrews vielleicht?" lächelte Nina.

„O ja, zum Beispiel!"

Nina zog die Stirne kraus. Sie dachte an etwas Bestimmtes, aber es war so schwierig, dies in Worte zu kleiden.

„Aber du", sagte sie langsam und nachdenklich, „du hast zu mir gesagt, du hast mich gern, weil ich bin, wie ich bin. Du magst also Menschen, die sind, wie sie sind."

„Ja."

„Ja, aber das Ehepaar Andrews ist auch, wie es ist. Wenn die anfingen, korrekt zu sprechen und sich zu benehmen wie ... ja, wie hochkultivierte Menschen."

„Das könnten sie gar nicht!"

„Nein, aber wenn sie nun einen krampfhaften Versuch dazu machten, dann würden sie nicht mehr sie selber sein. Jetzt reden sie von nichtssagenden Dingen. Sie können sich nicht über Kunst und Literatur und höhere Dinge äußern. Wenn sie es versuchten, ja, dann würden sie also ganz unnatürlich werden. Und es ist gerade das, was du nicht magst."

Gunnar saß ein Weilchen still mit gesenktem Kopf. „Sicher ist das wahr, was du sagst, Nina. Du bist gar nicht dumm, Kleine."

„Danke, kann ich das schriftlich haben?" sagte Nina.

„Nein, mündlich", sagte Gunnar. Er zog sie an sich und gab ihr einen Kuß.

„Wir müssen jetzt aber nach Hause", sagte er dann bald. „Die Zeit vergeht, und wir haben Pflichten."

Nina packte die Thermosflasche und das gebrauchte Butterbrotpapier in die Tasche, und dann machten sie sich auf den Heimweg.

Sie kamen aus dem Wald heraus und gingen den schmalen Pfad entlang bis zu der Stelle, wo sie das Auto verlassen hatten. Vor ihnen lagen die Hänge mit den Zwergbirken und dem Heidekraut und den Multbeerenblüten.

„Seltsam, so gerade an der Baumgrenze zu sein", sagte Nina. „Der Wald hinter und das schroffe Fjell vor uns."

„Ja", sagte Gunnar. Es schien, als sei er mit seinen Gedanken anderswo.

Sie stiegen ins Auto, unter allerlei Anstrengungen konnte Gunnar schließlich wenden. Erst als sie auf der freien Landstraße waren und das Fahren keine Schwierigkeiten machte, fing er wieder an zu reden.

„Sag mal, findest du, daß Onkel Espetun auch er selber ist, Nina?"

Sie wandte sich zu ihm um, ein wenig erstaunt.

„Dein Onkel? Ja, das meine ich bestimmt. Er ist ein tüchtiger Geschäftsmann, und er ist ein Selfmademan. Er ist rührend nett und gutmütig. Und braucht er dann mehr zu sein?"

„Wahrscheinlich nicht. Ich habe immer ein Gefühl gehabt, daß Geld verpflichtet. Wie kann man nun in einem großen schönen Haus sitzen und die Möglichkeit haben, zu reisen, Bücher zu kaufen und gute Bilder — und nutzt dann diese Möglichkeit nicht aus? Das heißt, mein Onkel kauft ja, aber er versteht selbst nicht, was er kauft, und seine Interessen reichen einfach nicht über die Fabrik hinaus."

„Hast du ihm etwa so etwas gesagt, als ihr auseinandergingt, Gunnar?"

Gunnar biß sich auf die Lippe. „Ja, ich habe etwas gesagt, was sicher häßlich war, und das lastet, offen gestanden, auf meinem Gewissen. Wir hatten eine Auseinandersetzung, mußt du wissen. Ich ging aus allen Fugen und sagte, daß ich nicht mehr weiter könnte. Und dann war mein Onkel wohl enttäuscht. Er fragte, was ich denn nun anfangen wolle. Und ich sagte, ich wolle Sprachen studieren wie mein Vater. Und dann — ja, dann sagte mein Onkel, das sollte ich mir doch noch überlegen. Denn mein Vater hätte es wirklich nicht weit gebracht mit dem Geldverdienen. Und da wurde ich rasend und sagte, es gäbe in der Welt einen Haufen Dinge, die mehr wert seien als Geld. Und als ich aus dem Zimmer ging, schleuderte ich ihm noch eine Bemerkung ins Gesicht — ja, und die war allerdings sehr wenig nett."

„Willst du mir nicht erzählen, was du gesagt hast?" fragte Nina, und ihre Stimme war leise und sanft.

„Ja. Ich sagte: ‚Mein Vater hatte allerdings keinen Weinkeller voll von französischen Weinen. Aber er konnte ihre Namen richtig aussprechen.'"

„Dein Onkel hatte vermutlich gerade einen Namen falsch ausgesprochen?"

„Ja, und das ... das hat mich also geärgert. Ich sah natürlich sofort, daß die Bemerkung ihn verletzt hatte, und ... und ich wünschte, ich hätte sie nicht gemacht."

Nina überlegte. „Du hast mich schön ausgelacht, als ich von meinem ‚psychopathischen' Onkel und von Sanssouci in Paris und von Eulen nach Rom redete. Da siehst du, wie es geht, wenn ein durchschnittlicher Mensch sich mit etwas abgibt, wovon er nichts versteht. Aber das ist auf der anderen Seite genau das, was du von deinem Onkel forderst. Er soll sich um Kunst und Literatur und Sprachen kümmern, weil das Dinge sind, die *dich* interessieren und die deinen Vater interessierten. Aber Gunnar, dein Onkel füllt hier in der Welt einen anderen Platz aus. Es muß auch Leute geben, die Gummistiefel machen. Es muß solche geben, die Fabriken leiten. Du kannst nicht verlangen, daß alle Menschen *deine* Interessen haben sollen. Und du bist also völlig unlogisch, wenn du auf der einen Seite sagst, ich solle bleiben, wie ich bin, aber dein Onkel solle gefälligst so werden, wie du ihn haben willst."

Gunnar wurde glühend rot. Er preßte den Mund zusammen und konzentrierte sich ganz auf das Fahren.

„Bist du böse auf mich, Gunnar?" sagte Nina schließlich furchtsam.

„Nein, Nina, im Gegenteil, ich schäme mich."

„Weshalb denn?"

„Weil ein kleines Mädchen, das Fremdwörter radebrecht und angeblich ein ganz gewöhnliches Mädchen sein soll, mir etwas erklären muß, was ich selber nicht gemerkt habe. Ich bin ein Schafskopf, Nina, und du bist die klügere von uns beiden."

„Nun halt aber an dich!"

„Ja, ich werde an mich halten. In mehr als einer Richtung." Dann schwieg er wieder. Aber da die Straße breit und übersichtlich war, nahm er einen Augenblick die rechte Hand vom Steuer und strich Nina über die Wange.

„Du, Gunnar?"

„Ja?"

„Warum bist du auf den Gedanken gekommen, Jura zu studieren?"

„Weil ich eigentlich viel lieber Rechtsanwalt sein möchte als Lehrer. Es war nur deshalb, weil die Philologie mir helfen sollte, an das heranzukommen, was ich wirklich wollte: meines Vaters Arbeit fortzuführen."

„Aber hör mal, Gunnar, mußt du unbedingt Philologe sein, um Sprachen zu pflegen? Und mußt du unbedingt einen Beruf ergreifen, zu dem du im Grunde gar keine Lust hast? Könntest du dir nicht denken, Jura zu studieren, wenn du tatsächlich Lust dazu hast, und dann als großes Hobby nebenher Sprachen zu treiben?"

„Daran habe ich wirklich noch nicht gedacht, das muß ich sagen."

„Aber das habe ich getan. Du sagtest, ich dürfe nicht aufs Gymnasium gehen, denn Mathematik und Chemie und dergleichen lägen mir nicht. Ich sollte das tun, was mir liegt, sagtest du. Und nun sage ich dir dasselbe. Du bist als Lehrer für wilde Jungen und kichernde Mädchen nicht geeignet."

„Da zeichnest du aber ein sehr hübsches Bild von uns Gleichaltrigen", lächelte Gunnar.

„Unterbrich mich nicht. Du sagtest, du möchtest im Grunde lieber Rechtsanwalt sein. Aber dann studiere doch Jura. Ein juristisches Examen kann man für allerlei Gutes brauchen, und dann benutze deine Abende dazu, Sprachen zu studieren. Und spare dir Geld, wenn du ein glänzendes Anwaltsbüro hast. Spare Geld und reise in den Orient."

„Das hört sich wirklich sehr einfach an", sagte Gunnar.

„Wahrscheinlich ist es auch einfacher, als du denkst."

„Du scheinst die Probleme an meiner Stelle durchdacht zu haben, Kleines."

„Es . . . es kommt ja vor, daß meine Gedanken dich streifen", gestand Nina mit einem kleinen Lächeln.

„Darf ich fragen, wo ihr gewesen seid?" Grete stand mitten in der Küche. Sie stemmte die Hände in die Hüften und versuchte, richtig böse auszusehen. Aber das Lachen blitzte ihr in den Mundwinkeln.

„Oh, Grete, kommen wir zu spät?"

„Zu spät? Hier haut ihr mit dem Auto ab und laßt die Arbeit Arbeit sein. Auf Gunnar zu schimpfen, traue ich mich nicht. Er ist stärker als ich. Aber Nina, dir will ich nur sagen, ich ziehe dir in diesem Monat fünfzig Prozent von deinem Lohn ab."

Nina lachte hellauf. Sie umarmte Grete ganz rasch einmal, ehe sie sich die Schürze überwarf.

„Ja, aber wo seid ihr denn gewesen?“ wiederholte Grete. „So früh am Morgen?“

„Draußen“, sagte Nina mit strahlenden Augen. „Wir waren draußen und haben den Sonnenaufgang erlebt.“

„Den Sonnenaufgang?“

Gunnar nickte. Seine Augen hingen an Nina. „Ja, den Sonnenaufgang“, antwortete er, und seine Stimme hatte einen neuen, weichen, ganz veränderten Klang, „den Sonnenaufgang in mehr als einem Sinn.“

Es geschieht immer das Unerwartete

„Liebes Ninachen!

Herzlichen Dank für Deinen langen Brief. Du kannst Dir gar nicht denken, wie wir uns freuen, daß Du Dich offenbar so glänzend erholt hast und Dich so wohl fühlst. Wir haben ja nicht gerade gedacht, daß diese Stellung als Hotelmädchen Dich wieder ins rechte Geleise bringen sollte. Aber wenn es wirklich stimmt, was Du schriebst, daß Du wie ein Murmeltier schläfst und acht Pfund zugenommen hast, dann ist ja alles gut und schön, und wir werden Dr. Christensen vorschlagen, daß er blutarmen und niedergeschlagenen Rekonvaleszenten immer Arbeit im Hotel verordnet.

Ja, was nun Deine Zukunftspläne anbetrifft: Du hast natürlich recht, wenn Du sagst, Du schwankst hin und her wie ein Rohr im Wind. Erst haben wir Dich im Gymnasium angemeldet, da änderst Du schon wieder Deinen Plan. Aber Du weißt, wir sind schwache Eltern und verstehen Dich. Dein Brief verrät uns mit aller Deutlichkeit, daß Du im Begriff bist, Dich selbst zu finden. Und so brauchen wir dich jetzt nicht zu überreden, daß Du die Pläne änderst, über die wir uns früher schon längst einig gewesen sind. Also machen wir einen Strich unter das Gymnasium und tun alles, was wir können, um Dich trotzdem in der Kunstgewerbeschule anzubringen. Aber nun bitte nicht noch weitere Änderungen. Dein Plan mit dem Gymnasium war wahrscheinlich nicht gründlich durchdacht. War er nicht vielleicht eher eine plötzliche Laune?

Wann hast Du eigentlich die Absicht, nach Hause zu kommen? Wir verstehen natürlich, daß Du Grete nicht im Stich lassen willst. Es war ja großartig, daß Du einspringen und ihr helfen konntest. Und Du hast vermutlich Deine Kenntnisse aus der Haushaltungsschule gut verwenden können.

Uns geht es gut. Wir vermissen unser liebes Kind, aber wir freuen uns darüber, daß Du wieder ganz obenauf bist.

So, und Gunnar Wigdahl ist also plötzlich aufgetaucht. Ja, das ist natürlich eine Überraschung für Dich. Und daß ihr Euch so angefreundet habt. Der arme Espetun! Er hat seine ganze gute Laune verloren, nachdem der liebe Neffe ihn verlassen hat. Er ist übrigens im Augenblick geschäftlich unterwegs.

Sonst können wir von hier nichts weiter berichten. Laß es Dir gutgehen, Kindchen. Wir werden schreiben, sobald die Antwort von der Kunstgewerbeschule da ist.

Viele Grüße an Grete und schreib wieder. Wir freuen uns immer so, wenn ein Brief von Dir im Briefkasten liegt. Tausend liebevolle Grüße! *Mama und Papa*"

„Nun, gute Neuigkeiten, Nina?"

Nina lächelte und blickte auf.

„Ja, meine Eltern sind phantastisch! Sie wollen es trotzdem versuchen, die Sache mit der Kunstgewerbeschule für mich zu regeln."

„Wann kommst du nach Oslo? Wo willst du wohnen?"

„Bei einer Tante von mir. Sie ist Witwe, und sie vermietet Zimmer an Studenten und Schüler!“

Gunnar spitzte die Ohren. „Was sagst du? Zimmer in der Mehrzahl, an Studenten in der Mehrzahl?“

„Ja, ja, ach Gunnar — natürlich, Gunnar, daß ich daran nicht früher gedacht habe! Natürlich, selbstverständlich, ich werde ihr stehenden Fußes schreiben!“

„Ja, aber halt mal! Ist sie nicht vielleicht viel zu teuer mit ihren Zimmern?“

„O nein! Tante Betty ist ein anständiger Mensch. Sie rupft arme, junge Studenten bestimmt nicht. Ich schreibe sofort, Gunnar.“

„Ja, aber du — das kleinste und billigste, das sie hat.“

„Ja, ja“, lächelte Nina. „Vielleicht hat sie eine Kiste auf dem Hof, in der du wohnen kannst. Pump mir mal deinen Kugelschreiber, dann schreibe ich sofort.“

„So, das tust du, und der Aufwasch?“

„Den machst du mit Bella zusammen.“

„Wie du willst! Wenn ich dann bloß nicht aus alter Gewohnheit versehentlich das Aufwaschmädchen küsse!“

„Dann würdest du Bella jedenfalls glücklich machen“, lächelte Nina und setzte sich an den Küchentisch, um zu schreiben.

Zottel saß auf der Treppe und sonnte sich und dachte angestrengt darüber nach, was er jetzt unternehmen sollte. Es hatte ein paar Tage so geregnet, daß ein ordentlicher Hund nicht einmal eine erfrischende Eichhörnchenjagd unternehmen konnte. Nicht, daß es ihm jemals gelungen wäre, ein Eichhörnchen zu erwischen. Aber es war immer spannend, sie von Baum zu Baum zu verfolgen und mit lautem Gekläff außer Rand und Band zu bringen.

Heute schien die Sonne wieder. Aber die Wege waren ganz aufgeweicht und überall standen Pfützen. Zottel gähnte laut und herzhaft. Er war so unbeschreiblich satt. Nach dem Lunch hatte Gunnar drei ganze Karbonaden in seinen Napf gelegt, und es hatte ihn nicht im geringsten gestört, daß eine Gabel in sie hineingepiekt hatte, die Spuren von violettem Lippenstift hinterlassen hatte.

Ob man sich vielleicht ein Mittagsschläfchen leisten sollte? Zottel stand auf, drehte sich siebenmal um sich selber herum und ließ sich wieder auf die Stufen niederplumpsen. Dann schloß er die Augen. Aber sein Schlaf sollte nicht von langer Dauer sein.

Nicht daß das Autobrummen von der Landstraße Zottel etwas störte. Es machte ihm nicht das geringste aus, daß ein vollbepackter Autobus aus Bekkum sich mühselig den Hügel hinaufschleppte. Es erschütterte ihn auch nicht, daß ein weißes Personenauto von „Blaufall" heruntersauste, schwer verchromt mit vielen Zylindern und Pferdekräften.

Aber als beide Autos gleichzeitig mit kreischenden Bremsen anhielten, da mußte Zottel hochblicken! Er öffnete die Augen noch eben rechtzeitig, um zu sehen, wie der Autobus über den aufgeweichten Straßenrand rutschte, auf die Seite kippte und seitlings im Graben liegenblieb.

Zottel war nicht der einzige, der das Krachen und die Schreie hörte. Beide Türen des Hauses flogen auf, die Haustür und die Küchentür, und die Gäste kamen herausgestürzt, Gunnar in weißer Jacke und Nina, Grete und Bella in Küchenschürzen.

„Grete, läute auf der Stelle das Kreiskrankenhaus an."

Gunnar war es, der kommandierte, und Grete rannte wieder zurück, während Gunnar über die Straße lief. Mit ein paar Gästen zusammen zerschlug er eine Fensterscheibe im Autobus, kletterte hinein und öffnete von innen ein paar andere Fenster, und dann begann die mühselige Arbeit, die zutiefst erschrockenen und verletzten Fahrgäste herauszubefördern.

Einige Kinder schrien jämmerlich. Eine junge Frau war ohnmächtig. Blut lief ihr über das Gesicht.

„Mutti, Mutti!"

Die Kinder liefen denen, die zu helfen versuchten, zwischen den Beinen herum, sie schrien in wilder Panik.

Da ergriffen plötzlich zwei feste Hände zwei von ihnen. „Come mit mir, Kids! Die Mutti kommt gleich. Sie will sich erst das Blut abwischen. No, no, nicht weinen. Nun gehen wir hinein und holen uns etwas Gutes und dann kommt die Mutti bald."

Die Kinder starrten Frau Andrews mit offenen Augen und Mündern an, und vor lauter Erstaunen gingen sie mit.

In der Stimme, die all diese komischen Worte sagte, klang etwas Gutes und Zuverlässiges, und die Hand war warm und weich und doch sicher, und sie klingelte von vielen, vielen Armbändern und vielen farbigen Steinen.

Als Grete eine Weile später durch die Küche rannte, sah sie zu ihrem grenzenlosen Erstaunen Frau Andrews am Herd stehen und mit Milchflasche und Kakao herumwirtschaften.

Sie nickte Grete zu. „Don't mind, Miss Jerndal. Ich mußte die Kleinen von der Mutter wegholen. Sie sitzen in unserem Zimmer und spielen mit meinem Schmuckkasten. Ich bringe ihnen jetzt Kakao, den armen Dingern."

Grete schüttelte den Kopf und begriff nichts. Dann raste sie nach draußen.

„Let him!" hörte sie eine feste Stimme von der Straße. „Wait a bit! Er hat sich ein Bein gebrochen, wir müssen eine Bahre haben."

Es war der Grasgrüne, der die Initiative ergriffen hatte.

„Wir haben keine Bahre."

„Aber natürlich, sure, we have. Laßt liegen, versucht nicht, ihn zu tragen. Es tut wahnsinnig weh. Ich habe myself einmal ein leg gebrochen. Ich weiß es. Just a moment! Komme gleich."

Und Mr. Andrews verschwand wie ein grasgrüner Blitz ins Haus. Gleich darauf kam er mit einer Wolldecke, einem Brett und einer Drahtmatratze von einem Feldbett wieder.

„Und jetzt schieben wir dies Brett unter sein Bein . . . und ja . . . hat jemand einen Schal?? Thank you. Und ja, nun liegt das Bein steadier — hebt es jetzt carefully, boys; eins, zwei, drei, nicht zu heftig. Und ja — jetzt haben wir es. Und so können wir ihn reintragen."

Aus Bekkum kamen Polizei und Krankenauto. Der Mann mit dem gebrochenen Bein und die junge Mutter mußten ins Kreiskrankenhaus. Einige von den Verletzten wurden an Ort und Stelle verbunden. Die meisten waren mit dem Schrecken und kleinen Schürfwunden davongekommen.

Frau Andrews war es, die daran gedacht hatte, die Koffer der verletzten jungen Mutter an sich zu nehmen. Sie war es, die Namen und Adresse abschrieb. Sie war es, die den Krankenträgern einschärfte, der Patientin zu sagen, sobald sie zu Bewußtsein käme, daß die Kleinen „safe mit mir sind".

Und als die Kinder sich einigermaßen beruhigt hatten, erfuhr Frau Andrews von der Ältesten, daß der Papa verreist sei, daß aber die Großmutter bei ihnen zu Hause die Miezekatze und die beiden Kanarienvögel versorge. Und dann entwarf Frau Andrews ein Telegramm an die Großmutter, das Gunnar telefonisch durchgab, nachdem er Sprache und Orthographie in ein einigermaßen verständliches Norwegisch gebracht hatte.

Frau Andrews war unermüdlich. Sie spielte mit den drei Kindern, sie zeigte ihnen Bilder, sie nahm das kleinste auf den Schoß, bis es eingeschlafen war. Sie sorgte dafür, daß die drei Kleinen ruhig waren und im Haus nicht viel Störungen verursachten. Viele staunende und bewundernde Blicke gingen zu dem seltsamen Ehepaar.

Draußen auf der Straße lag noch immer der umgekippte Autobus. Das Privatauto hatte keinen Schaden gelitten. Aber seinem Chauffeur wurde eine äußerst unangenehme Stunde auf der Polizeiwache in Bekkum bereitet. Er mußte peinliche Fragen beantworten, weshalb er mitten auf der Straße gefahren sei und den Autobus auf den aufgeweichten Straßenrand hinübergedrängt habe. Im Krankenhaus wurde der Mutter der Kinder ein Riß im Gesicht zusammengenäht, und dann wurde sie mit ihrer Gehirnerschütterung ganz gerade zwischen Sandsäcke gelegt. Die Krankenschwester wußte: Sobald die Patientin zu Bewußtsein kam, sollte sie erfahren, daß die Kinder sich in guter Hut befänden.

Es dauerte lange, bis an diesem Abend Ruhe im Haus einkehrte. Es hieß nicht nur, für die drei Kinder Schlafgelegenheiten zu beschaffen. Auch mehrere von den erwachsenen Fahrgästen des Autobus mußten übernachten. Alle wollten telegrafieren oder Ferngespräche führen.

Und alle mußten verpflegt werden.

Nina erhielt den Auftrag, in Bekkum anzuläuten und sich dies und jenes mit dem ersten Bus schicken zu lassen. Und während sie mit dem Geschäft sprach, kam ihr ein Gedanke. Ob sie große Pralinenschachteln hätten. Gewiß, die hätten sie. Und lächelnd bestellte Nina einen ganz furchtbar teuren Zwei-Pfund-Kasten.

Die „Dauergäste“ machten sich großartig. Fräulein Dyring meldete sich auf der Stelle zum Küchendienst. Zwei junge Damen übernahmen es, die Betten für die „Autobusgäste“ instandzusetzen, und Mr. Andrews stellte seine Riesenkräfte zur Verfügung. Er trug Koffer, er schleppte Feldbetten herum und stellte sie in den verschiedenen Räumen auf. Sein grasgrünes Hemd leuchtete überall auf, und wo das zu sehen war, da wurde etwas getan.

Grete und Gunnar, Nina und Bella schafften wie nie zuvor. Und es ging. Alle bekamen zu essen, alle erhielten Hilfe, alle hatten ein ordentliches Nachtlager.

„So“, sagte Grete, als die Uhr beinahe zwölf war. „Nun ist es soweit, daß ich ins Bett gehen kann. Ich hänge nur noch in den Kleidern. Und ihr?“

„Ebenso“, sagte Nina mit einem blassen, aber zufriedenen kleinen Lächeln. „Ich komme sofort, Grete. Ich muß nur fünf Minuten frische Luft schnappen.“

Grete war wieder zu Nina übergesiedelt. Das Zimmer der Mutter war einem leicht verletzten Ehepaar vom Autobus überlassen worden.

Wie es nun zu erklären war — Gunnar mußte jedenfalls auch unbedingt fünf Minuten frische Luft schnappen, und Grete stieg lächelnd in ihr Zimmer hinauf.

Als sie die Decke zurückschlug, um ins Bett zu gehen, stand sie da und schaute auf das Kopfkissen nieder, während das Lächeln um ihren Mund sich vertiefte.

„Habe ich es nicht gesagt!“ murmelte Grete in die Stille hinein.

Auf ihrem Kopfkissen lag eine Zwei-Pfund-Schachtel Konfekt.

„Na?“ sagte Nina.

Gunnar hatte den Arm um ihre Schulter gelegt, und sie wanderten in der stillen Sommernacht den Waldpfad hinauf.

„Na? Was meinst du mit deinem ‚Na‘?“

„Ich meine natürlich, ob du deine Ansicht über den Weihnachtsbaum und den Grasgrünen geändert hast.“

„Ja und nein. Ich habe die beiden heute bewundert. Sie sind phantastisch gefällig gewesen. Aber meine Ansicht über ihr niedriges Kulturniveau habe ich beibehalten.“

„Ach, Gunnar! Du bist ein fürchterlicher Snob!“

„Nein, das bin ich nicht, Nina. Ich habe nur eine Schwäche für Kultur und für Wissen und für Intelligenz.“

„Weißt du, wofür ich eine Schwäche habe? Für Herzensbildung.“

„Das natürlich auch."

„Der Unterschied ist nur, daß bei dir die Intelligenz an erster Stelle kommt und bei mir das Herz. Und deshalb kann ich auch das Ehepaar Andrews voll anerkennen. Herzensbildung haben sie, und wenn es darauf ankommt, haben sie wahrhaftig auch Vernunft. Sie sind immer weiter das geblieben, was sie *sind,* Gunnar. Sie haben nicht versucht, sich als etwas anderes auszugeben. Sie behaupten sich auf ihrem Gebiet. Sie wären lächerlich, wenn sie anfingen, so zu tun, als verstünden sie etwas von Atomphysik oder klassischen Sprachen."

„Du hast unbedingt recht. Es ist nur so . . ."

„. . . daß sie dir nicht passen, das ist klar. Aber, Gunnar . . ." Hier stockte Nina und sah Gunnar ins Gesicht.

„Welche Schuhnummer hast du, Gunnar?"

„Welche Schuhnummer? Was für eine komische Frage."

„Antworte mir trotzdem."

Nina war furchtlos und ihre Stimme eindringlich.

„Nummer zweiundvierzig."

„Nun gut. Aber deswegen haben Nummer vierzig und einundvierzig und dreiundvierzig auch Daseinsberechtigung. Es ist nur so, daß sie *dir* nicht passen. Du kannst nicht verlangen, daß die Fabriken nur Schuhe machen, die dir passen. Und du kannst nicht verlangen . . ."

„. . . daß der liebe Gott nur Menschen macht, die mir passen, meinst du." Gunnar sagte es mit einem kleinen Lächeln, aber in seinen Augen stand Ernst.

„Ja, und du mußt die Menschen nehmen, wie sie sind. Wenn ich nur wüßte, was dir einfällt. Du bist zum Beispiel immer nett zur ‚begabten Bellina', und du willst doch nicht behaupten, daß sie zu deinem Niveau oder Milieu gehört. Du hast mich — ich meine, du magst mich, und mein Vater ist keineswegs Dozent; er ist ein ganz gewöhnlicher Prokurist, und ich bin ein ganz alltägliches Mädchen. Da muß sich irgend etwas in dir festgesetzt haben, Gunnar, und du hast einen Komplex bekommen — nennt man das nicht so? —, und ich glaube, es ist dein Onkel, der gute Onkel Espetun."

Gunnar schwieg. Dann legte er wieder den Arm um Nina. „Du bist nun doch nicht so ganz alltäglich, Nina", sagte er leise. „Ich glaube tatsächlich, du hast ein angeborenes psychologisches Talent."

„Ich bin dir wirklich dankbar, daß du nicht ‚psychopathisch' gesagt hat", lächelte Nina.

„Du zwingst mich jetzt, über unheimlich Vieles nachzudenken", sagte Gunnar leise, „und vor allen Dingen bin ich gezwungen, etwas zu tun, wovor mir graut. Ich muß wieder mit Onkel Espetun Verbindung aufnehmen, und ich muß ... ja, ich muß schlechterdings ..."

Gunnar stotterte, und Nina merkte zu ihrem eigenen Erstaunen, daß sie den überlegenen, klugen, begabten Gunnar nie so sehr geliebt hatte, wie sie diesen stammelnden, verlegenen, hilflosen Gunnar liebte.

„Ja, eben, das mußt du tun", sagte Nina, „um Entschuldigung bitten. War es nicht das, was du sagen wolltest?"

Gunnar war glühend rot. „Doch", sagte er.

Nina hatte sich auf einen Baumstumpf gesetzt, und Gunnar setzte sich zu ihren Füßen. Er lehnte seinen Kopf an ihr Knie. „Du, Ninachen, nur siebzehn Jahre und so klug."

„Ich bin überhaupt nicht klug. Alles kommt nur davon, daß ich dich liebhabe."

„So?"

„Ja, denn da denke ich viel über alles nach, was dich angeht, und wenn man viel über etwas nachdenkt, dann muß man ja irgendwie zu einem Schluß kommen. Ich glaube einfach, ich begreife, was mit dir los ist, verstehst du?"

„Ja, scheint so. Was du für hübsche Hände hast und so tüchtig und fleißig — und so energisch." Er küßte die Fingerspitzen und die Handflächen.

„Du!“ Eine feine Röte stieg in Ninas Wangen. Sie nahm seinen Kopf zwischen ihre Hände und legte ihn an ihre Brust. Und mit einemmal stieg ein neues Gefühl in ihr auf. Es war genauso, als sei Gunnar klein und sie groß, genauso, als sei er ein kleiner Junge, der bei ihr Hilfe suchte.

Nina war siebzehn Jahre alt, und sie wußte nicht, daß in diesem Augenblick etwas geschah, das doch mit jedem jungen Mädchen einmal geschehen muß. Sie war jetzt kein Kind mehr. In dieser Minute wuchs sie innerlich zur Frau.

Eine Überraschung

„Du, Nina“, sagte Grete.

„Yes, ma'm?“

„Ich habe eine angenehme Überraschung für dich!“

„Heraus damit!“

„Weißt du, was morgen für ein Tag ist?“

„Der 29. Juli. Was ist denn mit dem Tag?“

„Nina, du bist genauso ungebildet wie die ‚begabte Bellina‘. Sie fragte auch, was mit dem Tag los sei, und ich habe ihr einen langen Vortrag gehalten über König Olav den Heiligen und über seinen Tod in Stiklestad am 29. Juli 1030. Aber das einzige, was sie begriff, war, daß wir morgen Olsok-Feier haben und daß alle Menschen deswegen die halbe Nacht im Freien verbringen mit Tanz und Kaffeekessel und Feuer und Ziehharmonika.“

„Ja, aber weißt du, das ist ja ein bißchen viel verlangt, daß Bellina einen Zusammenhang sehen soll zwischen Ziehharmonika und einem heiligen König. Also, war das die Überraschung? Daß morgen Olsok ist?“

„Nein, die Überraschung besteht darin, daß du frei hast. Vom Lunch bis zum nächsten Morgen."

„Hallo, ist dir die Gewerkschaft auf die Pelle gerückt, oder der Verein zur Besserung der Arbeitsverhältnisse unterdrückter Hotelmädchen?"

„Nein, das nicht gerade. Aber unsere Gäste machen eine gemeinsame Fahrt mit Kaffeekessel und Wurstkessel und so weiter. Sie wollen auf dem Schwalbenholm ein Olsokfeuer machen und ..."

„O wie himmlisch! Siehst du, so ein armes, mißbrauchtes und ausgenutztes Hotelmädchen kommt gar nicht dazu, an solche Sachen wie Olsok und Feuer zu denken. Aber das ist ja einfach großartig, Grete! Und was machen wir morgen?"

„Ihr beide, du und Gunnar, könnt machen, was ihr wollt. Bellina fährt nach Bekkum; sie hat schon die Lockenwickler hervorgeholt. Und ich hüte das Haus und das Telefon."

Nina schlang die Arme um Grete und drehte sie im Kreis herum. „Wenn irgend etwas auf dieser Erde sicher ist, dann ist es die Tatsache, daß du morgen nicht das Haus und das Telefon hütest. Du wirst deine Luxuslimousine herausholen und deine Mutter besuchen und den ganzen Nachmittag und Abend bei ihr bleiben. Du hast doch gesagt, sie wäre jetzt schon manchmal auf."

„Ja", sagte Grete.

„Und es läßt sich doch sicher machen, daß ihr irgendwo am dritten Ort zusammen sein könnt."

„Ja, Mutti hat sich sehr mit der Oberschwester angefreundet. Vielleicht können wir ..."

„Fein! Nimm einen Freßkorb mit allerlei guten Dingen mit. Ich helfe dir gern, ihn zurechtzumachen. Und Gunnar und Zottel und ich hüten das Haus."

„Glaubst du, daß Gunnar das will?"

„Ob er will? Darauf kannst du Rattengift nehmen. Wo ist er übrigens?"

„Ich glaube, er ist in seinem Zimmer!"
„Schön! Ich lauf schnell mal rauf und frage ihn."
„Ach, Nina! Ihr seid so schrecklich lieb zu mir. Ich weiß tatsächlich nicht, wie ich euch das jemals danken soll — was ich mit dir und Gunnar machen soll."
„Machen soll? Untersteh dich, etwas mit Gunnar zu machen! Was mit ihm gemacht werden muß, mache ich selber."
Nina tänzelte geradezu aus der Tür und schlug sie mit einem munteren Knall hinter sich zu.
Grete blieb sitzen und lächelte. Die liebe, tüchtige Nina! Die fleißige, süße, glückliche Nina!
Die fleißige, süße, glückliche Nina nahm immer zwei Stufen auf einmal die Treppe hinauf und klopfte an Gunnars Tür.
„Herein! Aha, fängst du jetzt an, junge Männer auf ihrem Zimmer zu besuchen? Du kannst mir wohl nicht zwanzig Minuten freie Zeit gönnen, was? Was ist denn los? Siamesische Gäste oder ein Mülleimer, der geleert werden muß?"
„Ein Mädchen, das geküßt werden will", lachte Nina und legte ihren Arm um seinen Hals. „Du, Gunnar! Nein, was in aller Welt tust du denn da? Was ist denn das?"
Sie zeigte auf einen sonderbaren Rahmen, der auf dem Tisch lag. Gunnar folgte ihrem Blick und lächelte. „Das ist Brailleschrift. Ich schreibe an Katja!"
„Ach! Kannst du auch Blindenschrift schreiben, Gunnar?"
„Das kannst du dir doch denken. Schreiben kann ich sie jedenfalls. Das Lesen ist verzwickt. Aber Katja liest mit ihren kleinen Fingerspitzen ganz fließend. Ich hatte heute mittag Post von ihr. Ich fand, ich müßte ihr sofort antworten. Du kannst den Brief übrigens gern lesen."
Ein maschinengeschriebener Bogen wurde Nina in die Hand gesteckt.

„Oh, schreibt sie Maschine?"

„Fehlerfrei, wie du siehst. Wenn sie aber lesen will, dann muß es Blindenschrift sein. Darum habe ich sie gelernt. Mama kann sie auch. So kann Katja alle ihre Briefe selber lesen. Aber lies doch, was sie schreibt."

Dann las Nina.

„Lieber guter Gunnar!

Vielen herzlichen Dank für die Schokolade, die Du mir von ‚Blaufall' geschickt hast und vielen Dank für den Brief. Du kannst glauben, ich habe schön gelacht aber all das, was Du von den blöden Leuten auf ‚Blaufall' erzählst. Es ist wirklich fein, daß Du statt dessen nach Sirili gekommen bist. Grete und Nina würde ich nur zu gern kennenlernen.

Wir hatten Besuch. Und kannst Du raten, von wem? Ja, Onkel Espetun ist mit seinem feinen Auto hier gewesen. Wie großartig, daß Du das selbst fahren kannst! Mutti und ich haben einen Ausflug mit ihm gemacht, und das war wunderbar. Und weißt Du, was Onkel Johann mir versprochen hat? Sobald ich in der Blindenschule fertig bin und nach Haus komme, dann bekomme ich einen Führhund, einen fertig dressierten Schäferhund. Ich freue mich furchtbar darauf. Dann kann ich allein über die Straße gehen.

Und dann hat Onkel Johann mir etwas geschenkt, was ich beinahe nicht glauben kann. Eben bevor er abfuhr, steckte er mir ein Büchelchen in die Hand und sagte, es wäre ein Bankbuch. Und ich will Dir wortgetreu wiederholen, was er noch sagte: ‚Für Deine Ausbildung, kleine Katja, nimmst du das Geld, das hier auf diesem Buch steht. Du sollst lernen können, was du möchtest."

Denk Dir, Gunnar! Ich besitze ein Bankbuch! Ein Bankbuch mit viel, viel Geld drin!

Onkel Johann ist das netteste, was ich kenne, ausgenommen Du und Mama und natürlich auch Papa.

Ich wünschte, Du könntest eben einmal nach Hause kommen, ehe Du nach Oslo fährst, um zu studieren. Aber es ist ja klar, daß Du in Deiner Arbeit bleiben mußt und soviel Geld wie möglich verdienen mußt.

Es ist herrlich, in den Ferien bei Mama zu Haus zu sein. Aber ich freue mich doch auch darauf, daß ich wieder in die Schule zurückkomme. Laß es Dir gut gehen, lieber Gunnar, und schreib bald an

Deine Katja"

Nina reichte Gunnar den Brief zurück. Ihre Augen waren voll von Tränen. „Du, wie rührend ist dein Onkel eigentlich!"

„Ja", sagte Gunnar. Seine Stimme war ganz weich.

Nina schluckte und lächelte durch Tränen. „Die kleine Katja", sagte sie. Sie biß sich auf die Lippe und schluckte die Tränen hinunter. „Wie kommt es, daß sie erblindet ist, Gunnar? Ist sie blind geboren oder . . .?"

„Nein, durch einen Verkehrsunfall, als sie sieben Jahre alt war. Sie sollte für Mama einkaufen gehen und da . . ."

„Ach, deine arme Mutter!" entfuhr es Nina.

„Ja, das kann man wohl sagen. Sie macht sich immer noch Vorwürfe, weil sie das kleine Kind allein fortgeschickt hat. Sie sollte nur zu unserem Kaufmann über die Straße laufen, aber . . ."

„Aber, mein Lieber, viele siebenjährigen Kinder werden doch zum Einholen weggeschickt."

„Ja, das haben wir meiner Mutter auch tausendmal gesagt, doch ich glaube, sie hört nie auf mit ihren Selbstvorwürfen, die Ärmste."

„Es macht trotzdem den Eindruck, als wäre Katja eine fröhliche kleine Seele."

„Ja, das ist sie auch. Und weißt du, was das kleine Ding sagte? ‚Ich bin so froh, daß ich früher einmal habe sehen können. Da verstehe ich doch alles das, wovon ihr redet, viel besser.' Und sie zwingt sich selbst, die Rückerinnerung wachzuhalten. Wie oft, glaubst du, habe ich sie abhören müssen, wie das und das aussieht. Und über Farben und Formen — das kleine Ding tut es also ganz bewußt."

„Gunnar, ist wirklich gar keine Hoffnung?"

„Nein, es sei denn, irgendein Augenarzt würde etwas Neues erfinden. Das eine Auge ist ganz erblindet, auf dem anderen hat sie eine Lichtempfindung, aber auch nicht mehr. Was glaubst du, wie viele Augenärzte meine Eltern aufgesucht haben, und wie viele Untersuchungen die kleine Katja hat durchmachen müssen! Sie soll nicht mehr gequält werden, und man darf nicht versuchen, ihr irgendeine Hoffnung zu machen, die ihr doch nicht erfüllt werden kann. Was hast du auf dem Herzen, Nina? Ich würde dies gern fertig schreiben ..."

„Ich verschwinde sofort wieder, Gunnar. Ich wollte nur fragen, ob du bereit wärst, morgen nachmittag und abend mit mir und Zottel zusammen das Haus zu hüten. Die Gäste machen alle einen Olsok-Ausflug, und Grete will zu ihrer Mutter."

Gunnars Gesicht hellte sich auf. „Ob ich bereit bin? Du fragst, wie es deinem Verstand angemessen ist. Lauf jetzt hinunter, und denk darüber nach, welche Leckerbissen du morgen für uns beide allein machen kannst. Soll ich Katja grüßen?"

„Und ob! Tausendmal! Und sag ihr, daß ... daß ich große Lust hätte, die Brailleschrift zu lernen. Vielleicht könnte ich etwas für sie abschreiben, was es nicht in Blindenschrift gibt."

Gunnar sah sie mit ernsten Augen an. „Wenn du wirklich meinst, was du da sagst, Nina, dann würdest du gesegnet werden, nicht nur von Katja, sondern von unzähligen Blinden."

„Ja, ich meine es unbedingt, Gunnar. Aber jetzt mußt du deinen Brief fertig schreiben, und dann sprechen wir morgen weiter davon, wenn wir Ruhe haben. Und vielleicht kannst du mir dann das System mit der Brailleschrift zeigen."

Nina drückte ihn ganz schnell einmal an sich und lief in die Küche hinunter.

„Dies ist zu gut, um wahr zu sein", sagte Gunnar.

Er räkelte sich faul in einem der bequemen Sessel im Wohnzimmer. Auf dem Sofa lag Zottel, satt und zufrieden, und niemand jagte ihn weg.

Es war wunderbar still im Haus. Niemand klingelte, niemand lief die Treppen hinauf und herunter, niemand verlangte Bedienung. Die „Autobusgäste" waren wieder fort. Die drei Pflegekinder von Frau Andrews waren von der dankbaren Großmutter abgeholt worden, und die Dauergäste waren alle miteinander in Andrews Auto, einer Taxe und Gretes kleinem Grünen zum Bekkumer See gefahren. Und dort waren zwei Boote bestellt worden, die sie zum Schwalbenholm hinüberfuhren.

„Man stelle sich vor: in guten Sesseln im Wohnzimmer zu sitzen", sagte Nina. „Und in einer winzigen Kasserolle für nur zwei Menschen zu kochen. Es ist nicht zu glauben."

„Wenn jetzt unerwartete Gäste kommen, drehe ich ihnen den Hals um", sagte Gunnar.

„Und ich helfe dir", erklärte Nina bereitwillig.

Sie hatten gemütlich zu zweien Mittag gegessen; jetzt hatten sie Kaffee getrunken. Aus dem Radio kam gedämpfte Musik, und alles atmete Frieden und Behaglichkeit.

„Du, Gunnar", sagte Nina nach einem langen Schweigen. „Wie ist es nun? Willst du mir nicht die Brailleschrift zeigen?"

„Und wie gern!"

„Weißt du, alle Menschen müssen ein Hobby haben, und denk mal, wenn das nun meines werden könnte! Denk nur, was das für eine wunderbare Art ist, seine Freizeit auszufüllen, viel nützlicher als Stricken und Bridge spielen oder Briefmarkensammeln. Das heißt, wenn du meinst, daß ich es lernen kann."

„Lernen kannst", lächelte Gunnar. „Das System kann ich dir in drei Minuten erklären, und dann brauchst du einen Rahmen und einen Pfriem und einen Stoß Papier und das Alphabet. Und dann handelt es sich nur darum, daß du übst. Nach zwei, drei Tagen kannst du ganz bestimmt einen Brief schreiben. Okay, Nina! Ich lauf und hole die Sachen."

Gunnar verschwand, und Nina blieb sitzen und lächelte vor sich hin.

Vor dem Haus bremste ein Auto. Nina ging ans Fenster.

Plötzlich schnellte sie hoch und lauschte. Was in aller Welt war das? Kamen etwa ausgerechnet heute Gäste?

Und da schoß ihr das Herz in den Hals hinauf. Denn auf dem Hofplatz stand ein großer amerikanischer Wagen, den sie nur zu gut kannte. Und eben jetzt ging der Wagenschlag auf, und heraus stieg Direktor Johann Espetun.

Nina stand auf der Treppe und ihre Hand lag in Espetuns großer Faust.

„So, da bist du ja, Ninachen! Wie nett, dich wiederzusehen!"

„Gleichfalls, Herr Espetun! Sie sind nicht die Spur erstaunt, mich hier zu treffen?"

Espetun lächelte. „Aber nein! Ich wußte doch, daß du hier warst. Gunnars kleine Schwester hat es mir erzählt, als ich kürzlich in Trondheim war."

„Ja, ich weiß, daß Sie dort gewesen sind. Lassen Sie den Koffer stehen, Herr Espetun, Gunnar kommt sofort. Er trägt ihn dann nach oben. Bleiben Sie oder ...?"

„Wenn ihr ein Zimmer habt, möchte ich gern bis morgen bleiben, sonst kann ich natürlich auch nach Bekkum fahren und dort ins Hotel gehen."

„Aber nicht doch! Wir haben Platz für Sie. Bitte, hier entlang — ich zeige es Ihnen. Das Haus ist heute leer. Alle Gäste sind auf einem Ausflug. Nur Gunnar und ich sind zu Hause."

„Da habe ich ja mächtiges Glück", sagte Espetun. „Ich bin nämlich gekommen, um mit Gunnar zu reden."

„Das verstehe ich", sagte Nina. Dann richtete sie den Blick auf Espetuns rundes, gutes, wohlwollendes Gesicht, ihre Augen waren hell und blank und die Stimme warm und ernst, als sie sagte: „Ich freue mich, daß Sie gekommen sind, Herr Espetun."

Sie waren in die Diele eingetreten. Jetzt hörte man rasche Schritte auf der Treppe.

„Es hat ein bißchen gedauert, Nina; denn weißt du, ich mußte erst ... Ach du liebe Zeit!"

Gunnar blieb stehen und sah aus wie ein einziges großes Fragezeichen. Dann stieg ihm die Röte in die Wangen, und er stand vor dem Onkel wie ein verlegener kleiner Schuljunge. Und wieder machte Ninas Herz einen sonderbaren Sprung. Es war so schön zu sehen, daß der kluge und erwachsene Gunnar auch schüchtern und hilflos sein konnte. Das machte ihn menschlicher; es brachte ihn ihr selber näher.

Inzwischen hatte Gunnar sich gefaßt. „Das — das ist ja eine große Überraschung, Onkel Johann! Ich ahnte nicht ..."

„Nein, das konntest du auch nicht, mein — Junge." Es hatte den Anschein, als hätte der Onkel sagen wollen ‚mein lieber Junge'.

„Willkommen, Onkel Johann! Wußtest du, daß ..."

„Selbstverständlich wußte ich es. Darum bin ich ja gekommen."

Jetzt mischte sich Nina ein. „Ich werde gleich für Sie ein Zimmer in Ordnung bringen. Sind Sie hungrig? Haben Sie zu Mittag gegessen?"

„Ja, zu Mittag habe ich schon gegessen. Wenn du aber eine Tasse Tee zaubern könntest und ein oder zwei Schnitten Brot?"

„Ja, das kann ich." Nina lief schnell die Treppe zur Küche hinunter. Sie schaute sich über die Schulter noch einmal um und sah, daß Onkel und Neffe in die Wohnstube gingen. Und sie hörte, daß das Radio ausgedreht wurde.

Sie ließ sich mit den Butterbroten Zeit. Ihre Augen leuchteten, und ihr Herz klopfte. Sie dachte an das Gespräch, das sie bei ihrem Sonnenaufgangsausflug mit Gunnar gehabt hatte. Und sie dachte an Onkel Espetuns gutes Gesicht.

Sie wußte, daß diese beiden Männer sich im rechten Augenblick wiedergesehen hatten. Gunnar hatte Zeit genug gehabt, um zur Ruhe zu kommen, die Dinge zu durchdenken, seine eigenen Fehler einzusehen.

Wie gut, daß Onkel Espetun gekommen war!

Es ist zu schön, um wahr zu sein

Nina klopfte an die Wohnstubentür. Sie wurde im selben Augenblick von innen geöffnet. „Nur herein, nur herein, Ninachen! Du brauchst nicht so diskret zu sein."

„Ich dachte nur ..."

„Daß wir uns ernstlich ausgesprochen haben? Da hast du auch recht, aber Gunnar erzählte mir, daß ..."

„Plaudere jetzt nicht aus der Schule, Onkel Johann, sonst wird Nina zu eingebildet."

Gunnars Stimme hatte einen neuen Klang, einen neuen, frohen, befreiten Klang. „Ich habe Onkel Johann nur erzählt, daß du es warst, die meine Begriffe geklärt hat, Nina, und daß du mich davon überzeugt hast, wie bockbeinig ich gewesen bin."

„Das habe ich doch niemals gesagt", widersprach Nina lachend und stellte vorsichtig das Tablett aus der Hand.

„Nein, nicht unmittelbar. Nun mußt du essen, Onkel Johann. Donnerwetter! Du kriegst aber feine Butterbrote! Solche bekommen *wir* nicht, das kann ich dir nur sagen!"

„Ja, weißt du, man muß ja auch einen Unterschied bei den Leuten machen", lächelte Nina. „Möchten Sie sonst noch irgend etwas haben, Herr Espetun? Dann klingeln Sie, ich bin in der Küche."

Jetzt wurde aber Nina in einen Sessel gedrückt. „Du bist durchaus nicht in der Küche, mein Herzchen. Du bist hier. Vor dir haben wir keine Geheimnisse. Gunnar hat ja alle seine Kümmernisse ausgeplaudert, und nun sollst du auch hören, wie wir uns gedacht haben, daß wir ihnen ein Ende machen."

Nina blieb sitzen. Sie schaute mit glänzenden Augen vom einen zum anderen.

„Siehst du, Nina", sagte Espetun, als er das erste Butterbrot verspeist hatte. „Ich habe diesen langen Schlaks sehr entbehrt, seit er mich verlassen hat. Und ich habe darüber nachgegrübelt, was ich denn so Verkehrtes getan habe, daß er es nicht bei mir ausgehalten hat. Ich meinte, ich hätte alles für ihn so wohlgeordnet. — Unterbrich mich nicht, Gunnar. Ich bin selbst einmal jung gewesen, Nina, und arm, mußt du wissen. Ich habe mich aus dem Nichts hochgearbeitet. Und du mußt doch zugeben, daß es mir gelungen ist. Meine Fabrik wirft einen guten Batzen ab und ist auch angesehen, und ich gestehe, daß ich stolz darauf bin. So hatte ich mich sehr gefreut, als Gunnar zu mir kam. Ich dachte wirklich, er würde mir nun den Sohn ersetzen und das Erbe weiterführen, wie es so schön heißt. Und so gab ich ihm denn alles, was ich selbst in der Jugend hatte entbehren müssen . . ."

„. . . und der böse Junge machte sich kein bißchen was daraus", ergänzte Gunnar.

„Ich habe doch gesagt, daß du mich nicht unterbrechen sollst, du Lümmel. Jetzt redet ‚der alte Onkel'. Nina hat alles von deiner Seite erfahren. Es wird Zeit, daß sie mich auch anhört."

Onkel Espetun zwinkerte Nina verschmitzt zu, trank einen Schluck Tee und fuhr fort: „Dann wollte Gunnar nicht mehr, und ich war ärgerlich und dachte: So ein verwünschter Bengel! Da wirft er eine glänzende Zukunft und ein großes Vermögen fort, um sich mit verstaubten Büchern abzugeben! Und da saßen wir nun, Tante Fanny und ich, und fühlten uns sonderbar verlassen und hilflos. Und da begann ich nachzudenken. Ich dachte, wenn ein junger Mann alles, was ich ihm zu bieten hatte, in dieser Weise verschmähte, dann mußte er außerordentlich gute Gründe dafür haben. Ich verglich das — nun ja, mit einem Mann, der ein schwerreiches Mädchen zur Frau bekommen kann und sie zurückweist zugunsten eines armen Mädchens, das er liebt."

„Der Vergleich ist gar nicht so dumm, Onkel Johann", sagte Gunnar.

Nina lächelte vor sich hin.

„Ich dachte, kann denn da soviel dran sein, komische Sprachen zu studieren, für die man sowieso niemals Verwendung hat? Aber dann sagte ich zu mir selber: ‚Johann', sagte ich, ‚das verstehst du nicht. Du hast es zu einem guten Geschäftsmann gebracht. Aber von der Wissenschaft und dergleichen verstehst du nichts.' Fanny geht es gut, dachte ich. Sie hat ein großes Haus und viel Geld in Händen und ist alljährlich zur Kur im Ausland. Ob aber ihre Schwester mit ihr tauschen würde, fragte ich mich. Sie, die durch die Heirat zwar nicht zu Geld gekommen ist, aber — ja, wie soll ich es nennen? — die eine hohe Kultur und Intelligenz durch ihre Ehe kennengelernt hat. Ja, so allmählich begann mir zu dämmern, wie das zusammenhing. So fuhr ich denn auf meine Geschäftsreise und machte auch einen Abstecher nach Trondheim und glaubte, daß ich Gunnar dort fände und mich mit ihm aussprechen könnte. — Wenn mir nämlich irgend etwas in der Welt auf die Nerven geht, dann ist es etwas Unklares und Unerledigtes zwischen mir und einem anderen Menschen. Da erfuhr ich nun, daß der Schlaks hier wäre. Und als ich mit den Gummistiefelleuten fertig geredet hatte, die ich in Trondheim und Steinkjer und Levanger treffen wollte, da fuhr ich her. Und nun habe ich Gunnar gesagt, daß ich so langsam anfange, ihn zu verstehen, und daß wir versuchen wollen, wieder gut Freund zu sein." Und er legte mit einer väterlichen Geste seine Hand auf Gunnars Schulter.

Nina lauschte und lauschte. Und keiner von den dreien sah etwas Komisches darin, daß ein älterer, lebenserfahrener Mann dasaß und vor einem siebzehnjährigen Mädchen und einem zwanzigjährigen Jungen gewissermaßen eine Beichte ablegte.

„Und du, Gunnar?" fragte Nina. „Was hast du gesagt?"

„Zunächst nicht allzu viel", sagte Gunnar. „Als ich anfangen wollte, etwas zu sagen, bist du mit dem Tee gekommen. Aber nun werde ich antworten. Denn während Onkel Johann dir dies erzählt hat, ist mir plötzlich alles sonnenklar geworden. Ich weiß mit einemmal, wie meine Zukunft aussehen soll. Und ihr seid es, Onkel Johann und du, Nina, die mir geholfen haben, zur Klarheit zu gelangen."

Der Onkel stellte die Teetasse aus der Hand. Der Blick, den er auf Gunnar richtete, verriet Spannung.

„Onkel Johann", sagte Gunnar, „du hast dich selbst zu der Stellung hindurchgerungen, die du jetzt innehast. Du schuldest keinem Menschen etwas, stimmt das?"

„Ja, das kann man wohl sagen."

„Dann wirst du mich auch verstehen, wenn ich sage, daß ich gern versuchen möchte, mich ohne Hilfe durch meine Studienzeit hindurchzuschleusen. Ich sage versuchen! Sollte alles schiefgehen, dann werde ich dich trotzdem um eine kleine Studienanleihe bitten. Aber ich hoffe, ich schaffe es allein. Du hast mir schon phantastisch geholfen, da du so großzügig zu Katja gewesen bist. An ihre Ausbildung brauche ich nun nicht mehr zu denken. Ich kann mich auf meine eigene konzentrieren, und da möchte ich dich also fragen, Onkel Johann, meinst du, daß du in drei oder vier Jahren in der Fabrik einen Mann mit dem juristischen Staatsexamen brauchen kannst?"

In Espetuns Augen glänzte es auf. „Und ob ich das kann, ob ich das kann! Ein Mann mit juristischem Staatsexamen ist für eine große Fabrik Gold wert, mein Junge!"

„Siehst du! Das ist mir plötzlich klargeworden. Ich habe nämlich die Absicht, Jura zu studieren. Und weshalb sollte ich dann nicht meine Kenntnisse bei dir an den Mann bringen? Da ist nur eins, Onkel Johann. Du darfst mich nicht verwöhnen. Ich muß ein selbständiger Mensch bleiben. Und ich werde nie meine Sprachstudien aufgeben. Die werden immer mein großes Hobby sein."

Onkel Espetun öffnete den Mund, um etwas zu sagen, aber es kam lange kein Laut. Nichts weiter als ein Räuspern, ein gründliches Räuspern. Und dann nahm er seine Brille ab und putzte sie. Er hielt den Kopf gesenkt und putzte und putzte. Dann räusperte er sich wieder, die Brille kam an ihren Platz, und nun richtete er den Blick auf Gunnar.

„Du . . . du hast mir die größte Freude gemacht, die sich denken läßt, mein Junge — Gunnar", berichtigte er sofort.

Da lächelte Gunnar, und er reichte dem Onkel quer über den Tisch und über das Tablett die Hand. „Sag du nur ‚mein Junge', Onkel Johann, das ist okay."

Nina blickte von einem zum anderen. Ihre Augen glänzten, und sie war so glücklich und so unendlich dankbar, daß sie dies alles miterleben durfte, sehen und hören durfte, wie alle Probleme sich lösten, wie diese beiden im Grunde so verschiedenen Menschen einander doch fanden, weil sie eines gemeinsam hatten: die Herzensbildung.

Es war spät geworden. Die Unterhaltung zwischen diesen drei Menschen in der großen, himmlisch friedlichen Pensionswohnstube hatte leise und gemütlich ihren Fortgang genommen. Onkel Espetun hatte sich voller Interesse erzählen lassen, wie Nina sich aus einem müden und halbkranken Gast in ein fleißiges und fröhliches Hotelmädchen verwandelt hatte. Und wie Gunnar aufgetaucht war und wie die drei jungen Menschen es geschafft hatten, in all dieser Zeit die Pension auf der Höhe zu halten.

„Ja, ich muß mich wirklich wundern", erklärte Onkel Espetun schließlich. „Das sage ich ja immer, die Jugend heutzutage hat mehr in sich als nur schnelle Autos und Beat-Musik. Es kommt nur darauf an, daß man es ans Tageslicht holt."

„Du kannst dich darauf freuen, Grete kennenzulernen, Onkel Johann", sagte Gunnar. „Sie ist die tüchtigste von uns allen."

„Tatsächlich? Nun ja, wir werden sehen! Sie kommt hoffentlich bald?"

„Ich denke wohl. Aber sie bleibt natürlich so lange wie möglich bei der Mutter. Wahrscheinlich hat die Oberschwester ihnen das Büro überlassen, und nun können sie den ganzen Abend dort zusammen sitzen und sich's gemütlich machen."

„Und die anderen? Ich meine, die anderen Gäste?"

„Oh, die kommen noch nicht! Bei dem schönen Wetter! Die bleiben heute bestimmt noch die halbe Nacht auf dem Schwalbenholm."

„Aber trotz und alledem muß ich jetzt etwas tun", sagte Nina. „Ich überlege nämlich schon die ganze Zeit, ob wir etwas Gutes im Haus haben. Ich finde, wir müssen heute abend etwas extra Leckeres haben."

„Da kann ich vielleicht aushelfen", sagte Onkel Espetun. „Wo ist denn mein Koffer? Auf Nummer — ja, was war es doch gleich — Nummer sechs. Nein, bleib nur sitzen, ich finde selbst nach oben."

Der Onkel ging lächelnd aus dem Zimmer, und Gunnars und Ninas Blicke begegneten sich.

„Gunnar, ich freue mich so." Nina flüsterte es.

„Glaubst du, ich nicht? Und, Nina, dies habe ich ja nur dir zu verdanken."

„Was für ein Unsinn! Du hast es deinem wunderbaren Onkel zu verdanken."

„Was hätte das alles für einen Zweck gehabt, wenn du mich nicht ganz und gar umgekrempelt hättest?"

Gunnar streckte die Arme aus, und Nina schmiegte sich an ihn, so voller Erleichterung und voller Freude und unsagbarer Zärtlichkeit, und der Kuß, den sie sich gaben, war sowohl ein Dank für das, was gewesen war, als auch ein Gelübde für die Zukunft.

„Hm, hm!"

Da stand Onkel Espetun mit einer großen Schachtel Konfekt in der Hand. Jetzt blickte er über die Brille. „Soso!" sagte er mit einem verschmitzten Zwinkern im Augenwinkel. „So hängt das also zusammen!"

Nina errötete, und Gunnar lächelte verlegen.

„Ganz recht, Onkel Johann", sagte er.

„Ihr seid mir aber schon ein paar Kanarienvögel! Kaum hat ein braver, alter Onkel den Rücken gekehrt, da . . . Nun ja, man ist ja selber auch einmal ein junger Mann gewesen. Seht her, ihr wolltet ja was Gutes haben. Und ist Konfekt nach deinen Begriffen etwas Gutes, Nina?"

„Ja, und ob! Ich will nur rasch dieses Tablett wegstellen und in der Küche das Nötigste aufräumen."

„Einen Augenblick!"

Eine feste Hand legte sich auf ihren Arm und eine ebenso feste Stimme sagte: „Jung-Gunnar, noch bist du nicht stud. jur. Du bist hier in der Pension gegen Lohn angestellt, nicht wahr? Also kannst du das Tablett runtertragen und in der Küche aufräumen. Denn jetzt möchte ich mich einmal mit Nina unterhalten."

„Wollt ihr etwa hinter meinem Rücken übel von mir reden?" lachte Gunnar.

„Dazu wäre natürlich allerlei Grund vorhanden. Aber wir haben keine Zeit. Verschwinde jetzt, und laß dir in der Küche viel Zeit. Wir werden rufen, wenn du kommen darfst."

Gunnar schüttelte verständnislos den Kopf, nahm das Tablett und verschwand. In der Tür drehte er sich um, und hinter dem Rücken des Onkels schnitt er Nina eine neckende Grimasse.

Und dann schloß sich die Tür hinter ihm.

„Also", sagte Espetun. Seine Stimme war ganz ernst und sehr eindringlich. „Eigentlich hatte ich mit Gunnar auch darüber reden wollen. Aber mir ist eingefallen, daß es wahrscheinlich klüger wäre, es mit dir zu tun. Du scheinst ja doch ... hm ... eine gewisse, recht gute Beziehung zu Gunnar zu haben."

Nina errötete wieder. „Herr Espetun, da Sie nun also gesehen haben, daß wir uns küßten, so möchte ich Ihnen nur sagen, daß ... daß ... ja, ich habe Gunnar wirklich furchtbar gern."

„Und er dich", sagte Espetun. Ein kleines Lächeln huschte über sein Gesicht. „Kann es etwas Schöneres in der Welt geben, als daß man sich gern hat, wenn man siebzehn und zwanzig Jahre alt ist? Aber nun mußt du gut zuhören, Nina; denn ich möchte dir etwas ganz Ernstes und Merkwürdiges erzählen, und du mußt mir dein Ehrenwort geben, daß du es bis auf weiteres für dich behältst."

„Ja, mein Ehrenwort", sagte Nina.

Espetun machte es sich im Sessel noch etwas bequemer und stellte die Fingerspitzen seiner Hände gegeneinander.

„Vor ein paar Wochen", begann er, „war ich in Oslo. Ich mußte eine neue Brille haben und ging zu meinem Augenarzt."

„Augenarzt", wiederholte Nina.

Ihre Gedanken machten einen Sprung zu Katja und zu allem, was Gunnar ihr heute erzählt hatte.

„Ja, ich kenne ihn gut, und im Laufe der Unterhaltung erwähnte ich, daß ich nach Trondheim wollte, um eine kleine, blinde Nichte zu besuchen. Und da fragte er mich nach Katjas Fall aus, und ich erzählte das Wenige, was ich wußte. Nun sagte der Doktor, dieser Fall interessiere ihn, und er würde gern mehr darüber erfahren. Ich erinnerte mich, daß Katja zur Untersuchung im Staatskrankenhaus gewesen war. Und das erzählte ich ihm und sagte, er könne sicher ihre ganze Krankengeschichte dort nachlesen."

„Ja?" Nina lauschte atemlos. Ihr Herz schlug wie ein Hammer.

„Zwei Tage später läutete er mich im Hotel an, er wolle mit mir reden. Und nun kommt es, Nina — das, was ich fast nicht zu erzählen wage. Ich habe kein Wort zu Katja oder zu meiner Schwägerin davon gesagt; denn die *dürfen* nicht wieder enttäuscht werden. Also, mein Arzt war gerade von einem Augenärzte-Kongreß in Deutschland zurückgekehrt, und dort hatte er einen Vortrag gehört und eine lange Abhandlung von einem Professor in München gelesen. Dieser Professor hatte ein paar erfolgreiche Operationen an Kriegsblinden vorgenommen. Ja, siehst du, das ist das einzig Gute, was man von einem Krieg sagen kann, der nichts als nur fürchterlich ist, er bringt immer die ärztliche Kunst ein Stück weiter. Nun kann natürlich mein Arzt nichts versprechen. Aber er ist riesig daran interessiert, daß der deutsche Professor Katja untersuchen darf. Ich habe hin und her überlegt, wie wir es machen sollen, daß die Enttäuschung nicht allzu groß wird, falls Katja trotz allem nicht geholfen werden kann. Und da habe ich mir gedacht, wir könnten es vielleicht so einrichten, daß meine Frau und ich Katja nach Lillevik einladen, und während sie dort ist, müßten wir eine Geschäftsreise nach Deutschland anberaumen, und ich nehme Katja mit. Aber Gunnar muß auch dabei sein, weißt du. Zum Dolmetschen. Und wir müssen noch jemanden mitnehmen — eine Frau, die für die kleine Katja da ist und das Zimmer mit ihr teilt und ihr in der fremden Umgebung und in fremden Hotelzimmern und so hilft. Meine Frau kann es nicht. Sie ist gerade von der Kur nach Hause gekommen und ist kränklich, wie du weißt. Katjas Mutter unter gar keinen Umständen; denn, wie gesagt, sie darf nicht noch einmal so eine große Spannung erleben und dann am Ende eine fürchterliche Enttäuschung. Aber heute abend ist mir etwas eingefallen. Nina, möchtest *du* nicht mitkommen?"

Jetzt konnte Nina nicht mehr. Die Tränen stürzten ihr aus den Augen, und sie schlang ihren Arm um den Hals dieses guten, schlichten, herzenswarmen Menschen.

„Ob ich will? Und ob ich will! Ach, ich bin so glücklich, so glücklich, ach, lieber, guter Onkel Espetun!"

„Du kannst ebensogut Onkel Johann zu mir sagen", sagte Espetun und strich Nina mit seiner großen und guten Hand über das Haar.

Nina brauchte noch ein paar Minuten, bis sie sich die Tränen getrocknet und sich ein bißchen gefaßt hatte. Jetzt saß sie dem Onkel wieder gegenüber, und er hielt ihre Hand in der seinen.

„Siehst du, dies war auch mit ein Grund, daß ich mit Gunnar ins reine kommen mußte", lächelte der Onkel. „Es wäre nicht angenehm für ihn gewesen, wenn er — ja, wie soll ich es ausdrücken?"

„... wenn er etwas so überwältigend Großes annehmen sollte", sagte Nina.

„Ja, ja, so kannst du es ja sagen. Also dies anzunehmen, wenn er auf keinem guten Fuß mit mir stand. Und ich wollte nicht, daß der arme Junge das ganze Leben herumlaufen und an einer Dankesschuld herumschleppen sollte gegen einen Menschen, den er ... hm ... den er nicht mochte. Darum freute ich mich mehr, als du wahrscheinlich verstehst, daß er nun — ja, daß er mich so anständig um Entschuldigung bat für ein paar unbedachte Worte, die ihm einmal in der Erregung herausgefahren sind."

Nina nickte. Sie wußte ja genau, was für Worte das waren.

„Und daß er ganz von selber vorschlug, wieder in die Fabrik zurückzukommen, verstehst du? Das alles mußte ich erst geklärt haben. Und während ich jetzt mit euch redete, fiel es mir ein: Die kleine Nina ist diejenige, die ich heute brauche. Du sollst Gunnar dies erzählen, wenn wir aus München Antwort bekommen haben, und du sollst es ihm nüchtern erzählen, ohne ihm zu große Hoffnungen zu machen. Du weißt, das Ganze ist so furchtbar unsicher. Du mußt mit ihm zusammen besprechen, wie und wann ihr es Katja sagen wollt."

„Aber Herr — ich meine — Onkel Johann! Wann soll das denn sein?"

„Vermutlich Ende August. Der Professor geht jetzt auf Sommerferien, aber er kommt am 15. August nach Haus. Wir haben die ganze Krankengeschichte übersetzen lassen und sie hingeschickt. Nun erwarten wir eine Antwort von dem Professor. Und sobald die Antwort da ist, rufe ich dich an, und du redest mit Gunnar. Und dann handelt es sich darum, daß wir Katja nach Lillevik holen."

„Das schafft Gunnar bestimmt", sagte Nina zuversichtlich. „Aber ich muß das alles meinen Eltern erzählen dürfen; denn sonst begreifen die ja nicht, warum ich plötzlich mit Ihnen — mit dir und Gunnar ins Ausland verschwinde."

„Wie lange müßt ihr eigentlich diese Sache hier noch machen?" fragte Onkel Johann.

„Bis die Schulferien zu Ende sind", sagte Nina. „Dann reisen die meisten Gäste hier ab, und bis zu der Zeit ist Frau Jerndal sicher wieder zu Haus."

„Dann paßt es ja fein", sagte Onkel Johann. „Nun, Nina, jetzt reden wir nicht mehr davon. Du erzählst es Gunnar in aller Ruhe, wenn die Zeit gekommen ist. Und nun kannst du deinen Schlaks wieder holen. Er hat in dieser Zeit sicher die Küche fünfmal aufräumen können."

Nina ließ sich nicht zweimal bitten. Sie schoß davon und kehrte mit Gunnar zurück.

„Darf ich fragen, was ihr in all dieser Zeit gemacht habt?"

„Fragen kannst du gern, aber du kriegst keine Antwort", lachte der Onkel. „Was ich übrigens sagen wollte, habt ihr Sekt im Haus?"

„Sekt? Ja, ganz unmöglich ist das nicht. Für gewöhnlich ist das nicht gerade etwas, was verlangt wird."

„Dies ist aber auch kein gewöhnlicher Tag", sagte Onkel Johann. „Man soll natürlich die Jugend nicht zum Alkohol verführen, und ein alter Autofahrer muß selbstverständlich enthaltsam sein. Aber gerade jetzt brauchen wir Sekt."

„Wofür brauchst du den, Onkel Johann?" fragte Gunnar.

„Du fragst mehr, als sieben Stumme beantworten können, junger Mann", schmunzelte der Onkel. „Wir wollen ein Glas auf die Zukunft leeren — und ich will außerdem mit Nina Brüderschaft trinken."

„Der Sekt kommt", sagte Gunnar überzeugt, „und wenn ich auf meinen beiden Beinen nach ‚Blaufall' gehen und ihn dort holen muß."

Aber das blieb ihm erspart; denn im Weinkeller lag eine verstaubte Flasche Sekt in einer Ecke versteckt. Tief drinnen im Anrichteschrank stand eine Reihe von Sektgläsern, die seit Jahr und Tag nicht in Gebrauch gewesen waren.

Und nun knallte der Korken, und Ninas Hand bebte, als sie das Glas zum Mund führte.

Licht!

Gunnar setzte sich im Abteil Nina und Katja gegenüber. Sie hatten Hamburg vor einer Stunde verlassen. Der Schnellzug mit dem schönen Speisewagen, mit geräumigen, gepolsterten Abteilen, mit erstklassiger Bedienung entführte sie südwärts, und morgen — morgen sollte Katja zu Professor Fritzner kommen, morgen würde sie erfahren, ob der Professor überhaupt die Operation versuchen wollte.

Gunnars Augen ruhten auf den beiden Mädchenköpfen: Ninas hellblonden Locken und Katjas glattem, dunklem kurzgeschnittenem Kopf. Sie saßen über einen Bogen gebeugt, der mit Brailleschrift voll beschrieben — voll bepunktet war. Katjas kleine feinfühlige Finger glitten über den Bogen, und plötzlich lachte sie laut auf. „Nein, hört mal! Wißt ihr, was Nina geschrieben hat?"

„Pfui, Katja, nicht aus der Schule plaudern. Das ist doch nur eine Übung; es ist doch ganz gleichgültig, was ich schreibe."

Aber Katja las laut vor: „Onkel Johann ist ein großer Engel. Katja ist ein kleiner Nichtsnutz. Gunnar ist ein richtiger Schlaks. Ich bin ein abgearbeitetes Hotelmädchen. Wir sind ein komisches reisendes Kleeblatt."

„Wie viele Fehler habe ich gemacht?"

„Du hast gar keine Fehler gemacht", sagte Katja. „Doch, übrigens ein Fehler ist da; wenn du nämlich sagst, Gunnar ist ein Schlaks. Gunnar ist lieb, daß du es weißt. Aber daß Onkel Johann ein Engel ist, das ist auf jeden Fall richtig."

Der Onkel räusperte sich und ließ die Zeitung sinken. „Wenn der Nichtsnutz, der Schlaks und das Hotelmädchen Hunger haben sollten, so sagt es nur. Ich habe das Gefühl, die Mahlzeiten hierzulande liegen etwas merkwürdig. Wenn wir ein ordentliches Mittagessen haben und uns nicht mit kümmerlichen Resten abfinden wollen, dann müssen wir bald in den Speisewagen gehen."

„Jetzt? Die Uhr ist doch erst" — Katjas rechte Hand griff an die Armbanduhr, deren Glas aufgeknipst werden konnte, und ein leichter kleiner Zeigefinger befühlte die Zeiger — „es ist doch erst um Viertel nach eins."

„Ja, ich habe die Mahlzeiten hierzulande ja auch nicht eingeführt, mein Kind, ich kann nichts dafür. Wenn du an das kärgliche Frühstück denkst, dann ..."

„Ich habe drei Rundstücke gegessen", sagte Katja lebhaft, „und einen Haufen Marmelade. Aber eigentlich bin ich doch ein bißchen hungrig. Ich möchte nur ..." Sie flüsterte Nina etwas zu.

Nina lächelte, stand sofort auf und nahm Katja mit sich.

Gunnar sah seiner Schwester und Nina nach. Der Onkel nickte ihm zu. „Ich glaube, wir haben ein gutes Kindermädchen für Katja gefunden, Gunnar."

„Ja, Onkel Johann, Nina ist prachtvoll. Und was Katja für ein Zutrauen zu ihr hat."

„Hast du mit Katja geredet, Gunnar?"

„Ja, ein bißchen. Ich habe es gleichsam beiläufig gesagt, wenn wir nach München kämen, gäbe es dort vielleicht eine Möglichkeit, einen besonders tüchtigen Arzt einmal ihre Narben ansehen zu lassen, die sie um das rechte Auge hat.

Es wäre möglich, daß er sie ein bißchen verschönern könnte. Und sie scheint es für bare Münze zu nehmen. Onkel Johann" — Gunnar sah Espetun fest an — „Onkel Johann, wir spielen doch ein furchtbar hohes Spiel."

„Ja, ist es eigentlich ein so hohes Spiel, Gunnar?"

„Ja — daß wir Mama nicht eingeweiht haben."

„Aber du warst doch einverstanden!"

„Ich *bin* einverstanden, Onkel Johann, und ich finde, du hast alles wunderbar durchdacht. Ich bin noch immer nicht über den Schock hinweggekommen, als Nina mir erzählte — obwohl sie es nett und vorsichtig gemacht hat — und als sie mir Professor Fritzners Brief übergab. Onkel Johann, ich wage gar nicht an die Zukunft zu denken. Ich wage mir gar nicht vorzustellen, daß Katja vielleicht ... vielleicht ..."

„Du sollst es dir auch nicht vorstellen. Wir wissen ja, daß die Chancen gering sind, aber ..."

„Wenn sie nur so viel sieht, daß sie allein gehen kann."

„Denke vorläufig nicht darüber nach, Gunnar. Nun müssen wir erst einmal hören, was der Professor morgen früh sagen wird."

„Und die kleine Katja in einer Klinik, wo sie kein Wort von der Sprache versteht."

Onkel Johann lächelte. „Wenn ich meine sprachbegabten Verwandten recht kenne, dann braucht Katja nicht sehr lange, um die zwanzig, dreißig wichtigsten Wörter auf deutsch zu lernen."

Der Zug rollte durch das Maintal. Die Augustsonne glitzerte und schillerte im Weinlaub, und schwere Trauben hingen an den Reben.

„Es ist so schön draußen, Onkel Johann. Ich sage es nur nicht, wenn Katja es hören kann, verstehst du."

„Ja, das verstehe ich."

Jetzt kamen Nina und Katja zurück, und dann wanderte das ungleiche vierblättrige Kleeblatt in den Speisewagen.

Und Nina mußte den Atem anhalten, als der höfliche Kellner ihr eine umfangreiche Speisekarte vorlegte. Du liebe Zeit, wieviel gab es hier zu wählen! Und als sie in einem stotternden und grammatikalisch falschen Deutsch gesagt hatte, was sie wünschte und der Kellner sich verbeugte und sagte: „Ja, gern, gnädiges Fräulein!", da blieb ihr der Atem ganz weg.

Nina konnte nicht einschlafen. Sie lag in einem wunderbaren Bett in einem großen und schönen Hotelzimmer in München. Daß man so wohnen konnte! Nicht zu glauben! Zum Zimmer gehörte ein eigenes Bad, ein Bad mit allem nur denkbaren Komfort. Und Nina fühlte sich wie eine Millionärin.

„Es ist viel bequemer für die kleine Katja, wenn ihr ein eigenes Bad habt", hatte Onkel Johann gesagt, als Nina dastand und über all den Luxus Mund und Nase aufsperrte. Die kleine Katja! Nina hatte sie in diesen wenigen Tagen richtig liebgewonnen.

Ach, wenn nur dieser Professor wirklich ein Wunder tun konnte!

Nina dachte an ihre Eltern, dachte an die Heimkehr aus Sirili, wie man die Hände über dem Kopf zusammengeschlagen hatte, weil sie so glänzend aussah, sie war nicht wiederzuerkennen! Und dann dachte sie an den Abend, als sie alle drei bei Espetuns gewesen waren und Onkel Johann gebeten hatte, Nina mit nach München nehmen zu dürfen, und erklärt hatte, weshalb.

Und ihre Gedanken wanderten einige Monate zurück, zu der Krankheit, zu der Autofahrt nach Lynghei und schließlich zum Ball.

Es war seit der Zeit so viel geschehen, daß sie es beinahe nicht fassen konnte. Wenn ihr damals jemand erzählt hätte, daß sie in fünf Monaten in einem Hotelbett in München liegen würde mit Gunnars kleiner blinder Schwester neben sich, daß Gunnar und Onkel Espetun das Zimmer nebenan hätten, daß Gunnar, der kalte, schweigsame, unzugängliche Gunnar eine solche Wärme und Freude ausstrahlen und eine solche Liebe geben könnte, eine Liebe für sie, die kleine, alltägliche, uninteressante Nina Löge aus Lillevik!

Katja bewegte sich. Nina horchte auf ihr Atmen. Es war nicht regelmäßig wie bei einem schlafenden Menschen.

„Kannst du nicht schlafen, Katja?" flüsterte Nina. Da kam eine kleine Hand aus dem Nachbarbett und tastete nach Ninas Hand.

„Nein. Du, Nina! Ihr glaubt anscheinend, ich sei fürchterlich dumm."

„Wie in aller Welt kommst du darauf, Katja?"

„Denkst du wirklich, ich wüßte nicht ganz genau, warum wir hier in München sind?"

„Wieso denn, mein liebes Kind? Du weißt doch, daß Onkel Johann geschäftlich hier zu tun hat."

Jetzt war ein ganz kleines Lachen aus dem anderen Bett zu hören.

„Ich bin allerdings erst zwölf, Nina. Aber ich bin doch nicht ganz auf den Kopf gefallen. Warum könnt ihr denn nicht sagen, wie es zusammenhängt? Wir sind hier, weil der Professor versuchen will, mich zu operieren. Und ihr wollt es mir nicht sagen, weil ihr Angst habt, ich könnte hinterher enttäuscht sein."

Ninas Herz klopfte. Was sollte sie nur sagen?

„Wenn — warum meinst du das, Katja?"

„Das habe ich Gunnars Stimme angehört, als er sagte, die wollten was an meinen Narben in Ordnung bringen. Du ahnst gar nicht, wie genau man hören lernt, wenn man nicht sehen kann. Aber, Nina — ihr braucht mir nichts vorzuschwindeln. *Mir* nicht! Nur sage mir, weiß Mama etwas davon?"

„Nein, Katja, nichts!"
Ein Seufzer der Erleichterung entschlüpfte dem Kind. „Es wäre furchtbar, wenn es für Mama wieder eine Enttäuschung gäbe!"
„Möchtest du nicht zu schlafen versuchen, Katja?"
„Das sagst du so! Könntest du schlafen, wenn du operiert werden solltest und wenn du wüßtest, daß du vielleicht ..."
Nina hätte vor Verzweiflung heulen können. Aber sie bezwang sich und sprach ganz ruhig.
„Katja, jetzt hör mal her! Es ist hart, es sagen zu müssen. Aber ich bin dazu gezwungen. Es ist ganz richtig, wenn du sagst, wir sind deinetwegen hierhergefahren. Aber dann mußt du auch erfahren, daß die Aussichten furchtbar gering sind. Wir hoffen, du wirst soviel sehen, daß du allein gehen kannst, daß du auf alle Fälle mehr Lichtempfindlichkeit bekommst. Aber, liebe, süße, kleine Katja, du *darfst* nicht glauben, daß du ... daß du so wie ..."
„... so wie andere wirst", sagte Katja. Dann seufzte sie wieder. „Nein, nein, es muß wohl so sein. Aber es ist trotzdem aufregend, daß der Professor mich immerhin untersuchen will."
„Nun wollen wir schlafen, Katja. Weißt du, ich kenne ein Spiel, bei dem man furchtbar schläfrig wird."
„Was ist das?"
„Ja, hör mal zu: Versuche ein Mittagessen zusammenzustellen, bei dem alle Gerichte mit ein und demselben Buchstaben anfangen. Ich fange an: Auberginensuppe, Austern, Auerhahn, Ananas. Jetzt du mit B."
„Blumenkohlsuppe, Be ... Be ... gibt es einen Fisch mit B? Barsch vielleicht. Aber du, den mag ich nicht sehr gern. Beefsteak, Buttercremetorte ..."
Nun dachte sich Nina hartnäckig Gerichte mit C aus, und dann schliefen sie beide, ehe Katja noch mit dem Menü fertig war, das mit Fischsuppe und Flundern anfing.

Eine aufregende Stunde in einem Wartezimmer mit Stahlmöbeln und vielen Illustrierten auf dem Tisch. Onkel Johann und Nina sahen sich an, sahen auf die Uhr, waren zu nervös, um reden zu können. Gunnar war mit Katja beim Professor drinnen.

Endlich! Endlich!

Katjas kleines Frätzchen war ganz ernst. Gunnar bat Onkel Johann, mit zum Professor hineinzukommen.

„Na, Katja", flüsterte Nina.

„O doch, ich komme heute nachmittag in die Klinik. Du glaubst gar nicht, wie nett der war. Er ist einmal in Dänemark gewesen, und er konnte ‚sö pie' sagen und ‚wa koster de' und ‚mange tak'. Ich mußte ja so lachen. Er hat lange mit Gunnar gesprochen, und ich habe mich furchtbar geärgert, daß ich kein Piepschen verstand. Aber ich muß unbedingt wenigstens ein paar Wörter lernen, ehe ich in die Klinik komme."

Nina holte aus ihrem spärlichen deutschen Wortschatz hervor, was Katja nach ihrer Meinung brauchen könnte, und als Onkel Johann und Gunnar aus dem Sprechzimmer des Professors kamen, sagte Katja: „Danke schön" und „bitte", „trinken", „essen", „Kopfkissen" und „Becken".

„Das ist vor allem das wichtigste", lachte Katja. „Das brauche ich bestimmt, das weiß ich."

Gunnar hatte die Aufgabe, Katja am nächsten Tag in die Klinik zu bringen. Er war es, der anderthalb Stunden auf einem weißen Krankenhausflur sitzen und unverwandt die Tür anstarren mußte, die sich hinter Katja und einer Krankenschwester geschlossen hatte. Und es war ein müder, zerschlagener Gunnar, der ins Hotel zurückkehrte, wo Onkel Johann und Nina in der Halle saßen und warteten ... warteten ...

Gunnar lächelte matt. „Wir wissen noch gar nichts. Der Professor hat nicht viel gesagt, aber er sah zufrieden aus.

Er sagte nur, die Operation wäre jedenfalls nicht als mißlungen anzusehen. Er meinte, auf alle Fälle würde sie auf dem einen Auge eine ganze Menge unterscheiden können. Das andere wäre hoffnungslos."

Es kamen lange Tage des Wartens, Tage, in denen die kleine Katja geduldig und unbeweglich in ihrem Bett in einem dunklen Zimmer auf dem Rücken lag. Es stellte sich heraus, daß eine von den Krankenschwestern in Schweden gewesen war, und sie verstand so einigermaßen die wenigen Worte, die Katja sprach.

Gunnar war der einzige, der die Erlaubnis erhielt, sie zu besuchen, und zwar täglich nur eine ganz kurze Zeit. Katja fragte nach nichts. Sie lag nur da und sah so rührend aus in ihrem Krankenhausbett, daß Gunnar die größte Mühe hatte, einen Kloß im Hals hinunterzuschlucken.

Onkel Johann war unvergleichlich. Er tat alles, um ihnen die langen und bangen Wartetage zu verkürzen.

„Geht jetzt ins Deutsche Museum", sagte er eines Tages. „Nein, ihr müßt ohne mich fertig werden. Ich habe es gesehen, und ich bin über das Alter hinaus, daß ich mich stundenlang im Museum herumtreiben möchte."

„Macht einen Ausflug zum Tiergarten Hellabrunn", sagte er an einem anderen Tag. „Ach, tut doch bloß nicht so, als wolltet ihr mich mithaben, ihr beiden Heuchler! Ihr seid ja so froh, wenn ihr allein sein dürft."

Täglich schob er sie ab, und so geschah es, daß Gunnar und Nina eine Menge von der schönen, alten Stadt und ihren Sehenswürdigkeiten zu sehen bekamen. Nina schickte Ansichtskarten nach Hause und Gunnar Grüße an seine Mutter, und sie warteten ... warteten ...

„Ich komme mit in die Klinik", sagte Nina eines Tages. „Ich kann doch wohl draußen auf dem Korridor warten. Da brauchst du nicht ganz bis zum Hotel zurückzukommen. Wir können von da aus gleich nach Nymphenburg fahren."

Aber als sie in die Klinik kamen, lag ein Bescheid für Gunnar beim Pförtner. Er solle sich so bald wie möglich beim Professor melden.

Nina saß auf dem Korridor, und dann kam der Professor, hinter ihm Gunnar. Und Gunnar machte ein so merkwürdiges Gesicht. Er reichte Nina die Hand und drückte sie fest, ganz fest, sprach aber kein Wort.

Sie gingen durch lange, stille Flure. Vor einer Tür blieben sie stehen. Der Professor sagte ein paar Worte, die Nina nicht verstand. Und Gunnar flüsterte Nina zu: „Du mußt hier warten."

Nina saß kerzengerade da und hatte die Hände auf dem Schoß zusammengepreßt. Laß es etwas Gutes bedeuten, lieber Gott! Mach, daß Katja sehen kann!

Die Tür ging auf. Und diesmal war keine Rede von einem Kloß im Hals bei Gunnar. Seine Augen waren regelrecht naß von Tränen, und es zuckte um seinen Mund, als er Ninas Blick begegnete. Er packte ihre beiden Hände, preßte sie ganz hart, so daß es weh tat.

„Nina", flüsterte er heiser. „Nina, sie kann *sehen!*"

Wenn Nina zurückdachte an die Tage, die jetzt folgten, dann kamen sie ihr vor wie ein Traum: das Telegramm an Gunnars Mutter, das Telegramm, das mit Worten verschwenderisch umging und begann: „Liebe Mutti, bereite dich auf eine unfaßbar große Freude vor . . ." Und dann der Tag, als Gunnar zum Flugplatz fuhr, um seine Mutter abzuholen, während Nina und Onkel Johann in der Stadt Besorgungen machten.

„Diesen Tag sollen sie für sich allein haben", sagte Onkel Johann. Und er ging mit Nina in so viele Geschäfte, daß die Zeit trotz allem schnell verging.

Den Abend verbrachten sie mit Onkel Johann und Frau Wigdahl, einer schlanken, blassen Dame mit einer leisen und schönen Stimme. Sie sah furchtbar müde und angestrengt aus, aber sie strahlte trotzdem vor Glück.

„Sie sind also Nina", sagte sie und reichte Nina eine schmale, blasse Hand. „Ich habe so viel von Ihnen gehört, und ich freue mich sehr, Sie kennenzulernen und Ihnen danken zu können für alles, was Sie in diesen Tagen für unsere Katja getan haben."

„Aber, liebe Frau Wigdahl, ich habe doch nichts getan", sagte Nina verlegen.

„O doch, und nicht nur für Katja, glaube ich", lächelte Frau Wigdahl.

Die Zeit verging. Gunnar und Nina mußten ernstlich an die Heimreise denken. Katja sollte noch einige Tage in der Klinik bleiben. Und mit der langen Heimreise mußte sie auch ein wenig warten.

„Ihr beiden müßt jetzt sehen, daß ihr nach Hause kommt", sagte Onkel Johann. „Mama bleibt bei Katja, und ich bleibe noch einige Tage hier, jedenfalls, bis die Kleine aus der Klinik kommt, sonst würde Mama doch allzu allein sein in dieser fremden Stadt."

„Du bist einzigartig, Johann", sagte Frau Wigdahl.

„Das unterschreibe ich", sagte Gunnar.

Am Tage, ehe sie reisten, durfte Nina mit Gunnar zu Katja gehen. Sie saß im Lehnsessel mit dunkler Brille vor den Augen, einer Brille, die so gewissenhaft um ihren Kopf festgebunden war, daß sie sie nicht abnehmen konnte.

Sie wandte den Kopf, als die Tür ging, und lachte strahlend. „O Nina", rief sie.

„Wußtest du denn gleich, daß ich Nina bin, Katja?"

„Klar! Du siehst genauso aus, wie ich es mir gedacht habe. Aber ich kann dich noch nicht so ganz ordentlich sehen, denn ich habe ja immer noch diese dumme Brille auf. Ach, Nina, wie furchtbar nett, daß du kommst. Nina, ich freue mich so, ach, du weißt gar nicht, wie ich mich freue. Und weißt du, Nina, gestern durfte ich Mama und Gunnar einen ganz kleinen Augenblick ohne Brille sehen! Und ich *kann* sehen, Nina. Mit dem einen Auge also. Und ich dachte doch, daß ich mich so gut an alles erinnerte. Aber es ist doch trotzdem ganz merkwürdig. Gunnar ist ja so groß geworden! Das war mir gar nicht eingefallen, daß er viel größer sein müßte als damals. Aber alle anderen Sachen sind so klein geworden. Das kommt wohl daher, daß ich in den fünf Jahren selber so gewachsen bin. Und dann sitze ich da und denke daran, daß ich Buchstaben lernen muß wie ein kleines Kind in der ersten Klasse." Katja gluckste vor Lachen. „Aber das geht sicher ganz schnell, Nina. Du, ich brauche dir jetzt gar keine Blindenschrift mehr beizubringen."

Nina hatte sich neben Katja gesetzt und nahm ihre Hand. „Katja", sagte sie, „Blindenschrift möchte ich lernen. Ich möchte meine Freizeit dazu gebrauchen, allen denen zu helfen, die kein solches Glück haben wie du. Nun habe ich doppelte Lust dazu. Es ist genauso wie ..." Nina stotterte, wandte den Blick und schaute Gunnar ein wenig ratlos an, und dann beendete sie den Satz mit einer leisen, rauhen Stimme: „... als ob ich irgendwie meine Dankbarkeit beweisen müßte, weil ich die Erlaubnis bekommen habe, dieses Wunder mitzuerleben."

Dann kam der Reisetag. Es war die höchste Zeit. In drei Tagen begannen Gunnars Vorlesungen; in drei Tagen mußte Nina in der Kunstgewerbeschule anfangen. Sie hatte nur eben Zeit, eine kleine Spritztour nach Lillevik zu machen, dann mußte sie nach Oslo.

„Aber können wir eigentlich ...", hatte Frau Wigdahl gesagt und Onkel Johann so fragend angesehen.

„... diese beiden Kinder allein durch halb Europa schikken, meinst du", sagte der Onkel mit einem leisen, kollerigen Lachen. „Nein, wir tun das, was wir immer tun, wenn kleine Kinder allein reisen. Sie kriegen jeder einen Merkzettel um den Hals, und dann setzen wir sie in ein Flugzeug und bitten die Stewardessen, immer mal einen Blick auf sie zu werfen und aufzupassen, daß ..."

„... daß sie unterwegs nicht abspringen", beendete Gunnar.

Aber Ninas Herz machte einen Satz. Sie sollten fliegen, von München nach Oslo fliegen! Wo sie sich immer so glühend gewünscht hatte, einmal fliegen zu dürfen!

„Ich bin auch noch nie geflogen", gestand ihr Gunnar. „Und im übrigen war die Herfahrt auch die erste Reise erster Klasse für mich. Aber es hat den Anschein, als ob die Märchen für uns in diesem Sommer kein Ende nehmen sollten."

Dann saßen sie an einem sonnigen Morgen in der riesigen Maschine und sahen Münchens Türme und Bauwerke unter sich verschwinden. Und das Flugzeug trug sie höher und höher in den blauen Himmel hinauf, und brachte sie der Heimat immer näher.

Unter ihnen lagen blinkende Seen; dort floß ein breiter, ruhiger Strom; Weinberge und Wälder tauchten auf. Nina drückte die Nase an der Scheibe platt. Da war es, als ob der Wald dort unten eine neue Gedankenverbindung in ihrem Hirn herstellte. Sie drehte sich zu Gunnar um, und ihre Hand schmiegte sich in die seine.

„Weißt du noch, unser Sonnenaufgangsausflug und die Elche im Moor, Gunnar?"

Gunnar nickte. „Ja, und weißt du noch den Tag, als du am Aufwaschbecken standest und dachtest, du redetest mit Grete, und dann stand ich hinter dir?"

„Ja, Gunnar. Und erinnerst du dich noch an unsere Fahrt nach Lynghei?"

„Ich erinnere mich noch an alles, Nina, eins wie das andere, sogar an den Ball."

Ihre Hände lagen fest ineinandergepreßt, und ihre Augen fanden sich. Die Erde und das alltägliche Leben lagen weit unter ihnen. Sie schwebten hoch oben unter einem leuchtenden Himmelsdom.

„Weißt du, Nina, es ist, als schwindelte es mir vor den Augen, wenn ich an all das denke, was in dieser Zeit geschehen ist. Wie doch alles, was schief und verkehrt und verrückt war, wieder ins rechte Gleis gekommen ist! Wie wir beide uns gefunden haben! Wie Onkel Johann die gute Fee aus dem Märchen gespielt hat . . . Und dann dies letzte, was so herrlich ist, daß ich es noch nicht ganz fasse."

„Gunnar, du weißt nicht, wie dankbar ich bin, weil es mir vergönnt war, dies alles mitzumachen. Dabei gehöre ich doch gar nicht zur Familie."

Gunnar lächelte. „Du gehörst nicht zur Familie — ja, das weiß ich nun doch nicht." Er machte eine Pause, und sein Blick wanderte zum blauen Himmel hinauf mit den weißen, kleinen Wolken.

„Nina, wir sind noch so jung, so furchtbar jung! Wären wir ein wenig älter, dann hätte ich jetzt etwas gesagt . . . daß ich . . . daß wir . . . Aber du weißt, daß ich dich liebhabe, Nina, und wir wollen zusammenhalten, nicht wahr? Was noch weiterhin gesagt werden muß, das . . . das muß später kommen. Denn — nicht wahr? — wir sind noch so jung!"

Nina legte ihre andere Hand auf die Gunnars.

„Es kommt alles in die Reihe, Gunnar", sagte sie leise. „Wir werden ja ununterbrochen älter."

Dann erschien auf ihrem Gesicht ein glückliches Lächeln. „Denk mal, Gunnar, wie viele Menschen es gibt, die uns beneiden! Ist es etwa nicht wunderbar, so jung zu sein, daß man sich darauf freut, älter zu werden?"

LIMERICKS

gedichtet von Berte Bratt

Eine Laus auf dem Kopf von Herrn Seidel
sprach zur Tochter: „Mein Kind, du bist eitel!
  Du hast keine Moral!
  Es ist ein Skandal
wie du immer flanierst auf dem Scheitel!"

Die Känguruhmutter Dorette
guckt in'n Beutel zur Tochter Annette:
  „Wie oft soll ich's sagen?
  Ich kann nicht vertragen
dein Zwiebackgeknabber im Bette!"

Das Söhnlein von Herrn Dompteur Borch
sagt beim neunten Geschwisterchen: „Horch!
  Löwen bändigst du ja,
  und die Tiger, Papa!
Warum bändigst du niemals den Storch?"

Limericks sind lustige, fünfzeilige Gedichte, bei denen sich die Zeilen 1, 2 und 5 sowie die Zeilen 3 und 4 reimen.
Neue Limericks zu erfinden, ist das Hobby von Berte Bratt. Vielleicht macht es dir auch Spaß, selber welche zu dichten.

Spannende SchneiderBücher von Berte Bratt:

HABE ICH		WÜNSCHE ICH MIR
	Serien	
	Meine Tochter Liz	
	Ein Mädchen von 17 Jahren	
	Das Leben wird schöner, Anne	
	Anne und Jess	
	Anne, der beste Lebenskamerad	
	Bleib bei uns, Beate	
	Hab Mut, Katrin	
	Meine Träume ziehen nach Süden	
	Die Glücksleiter hat viele Sprossen	
	Sonjas dritte Sternstunde	
	Machst du mit, Senta?	
	Sonnige Tage mit Katrin	
	Umwege zum Glück	
	Kleiner Hund und große Liebe	
	Alles kam ganz anders	

Gib diesen Wunschzettel Deinen Eltern oder Großeltern oder allen, die Dir gerne eine Freude machen wollen.